U0954593

唯城能言

——南京城墙诗文选录

南京城墙保护管理中心 编

南京出版传媒集团
南京出版社

图书在版编目（CIP）数据

唯城能言：南京城墙诗文选录 / 南京城墙保护管理中心编．-- 南京：南京出版社，2023.10

ISBN 978-7-5533-3887-3

Ⅰ．①唯… Ⅱ．①南… Ⅲ．①诗词—作品集—中国 Ⅳ．① I22

中国版本图书馆 CIP 数据核字（2022）第 191004 号

书　　名　唯城能言——南京城墙诗文选录
编　　者　南京城墙保护管理中心
出版发行　南京出版传媒集团
　　　　　南 京 出 版 社

社址：南京市太平门街53号　　邮编：210016
网址：http://www.njcbs.cn　　电子信箱：njcbs1988@163.com
联系电话：025-83283893、83283864（营销）　025-83112257（编务）

出 版 人　项晓宁
出 品 人　卢海鸣
责任编辑　徐　智
装帧设计　张　淼
责任印制　杨福彬

排　　版　南京新华丰制版有限公司
印　　刷　南京新世纪联盟印务有限公司
开　　本　880毫米×1230毫米　1/32
印　　张　8
字　　数　115千
版　　次　2023年10月第1版
印　　次　2023年10月第1次印刷
书　　号　ISBN 978-7-5533-3887-3
定　　价　58.00元

用微信或京东APP扫码购书

用淘宝APP扫码购书

目录

第二章　城与诗的碰撞 / 53

前　言

如何描述一座城？

擅长丹青者可以调理颜色，擅长摄影者可以摁下快门，擅长建筑者可以绘制图例，擅长勘测者可以描绘地图。但对于生活在城里或途经过城池的绝大多数人来说，只能用最朴实的方式来表达对一座城的体悟和理解，那就是感叹。

感叹是一种复杂的表达形式，它融合了动作、表情、语言和文字，而核心始终是语言文字，因为只有语言文字能够打破时空的限制进行传播与流传。久而久之，这些关于城的感受、描述、赞美甚至诟病，都具化为诗与文，呈现在人们的面前。

每个人对城的理解和印象不同，所以诗文更具主观性。这种主观性是很可贵的，它夹杂了个人的情感、对国事家事的理解、对历史往昔的评定，以及对未来生活的展望。城还是那座城，但不同时代的人有不同的理解，同一时代的人也莫衷一是。这些感受的积累形成了一条流动的文字长河，而本书要做的，就是截取这条长河的部分片段，奉献给古老的城墙与生活在这座城里的现代人。

在呈现本书的过程中，我们反复斟酌思考，在选取对象、阐释角度、呈现方式及最终定位方面，都有更富温度和软度的考虑。

在选取研究对象时，本书将南京有筑城史以来的所有修筑城墙都列入研究范围，并根据其美学效果而有所侧重。本书第二章，即以诗文解说城史的篇章，并没有按照传统的断代方式进行编排。我们将更多的侧重放在“石头城”，而将六朝时期、唐宋时期的城墙故事一笔带过。这并不是因为上述朝代城墙的地位不重要，而是从文学角度而言，其影响力远不如石头城那么深远，也未形成富有特色的诗文体系。

将明代城墙单独作为篇章也是出于美学上的思考。南京明代城墙是现存遗址城墙，是具象的、可见可触摸的文化遗产。加强对这一意象的阐述，有助于读者在阅读本书后亲临实地，兑现对城墙的想象。从这一角度来说，突出明城墙的地位是极有必要的。而将近现代城墙单独列篇，则是出于对城墙命运的反思与畅想。城墙虽然是静态的，但其历史以及人城关系的发展演变却是活态的。如果能从诗文出发，触摸到城市发展的轨迹脉络，体味到文化遗产在人们心中的更迭变化，那么诗文就被赋予更多的价值，也是我们编撰本书所乐见的。

在阐释角度方面，本书把重心倾斜于城墙意象的文学价值，而非历史价值。近年来，南京城墙的研究不断夯实，涌现了一批与南京城墙相关的专著，如《中国明清城墙》《南

城墙与湖（陈长勇 摄）

京城墙砖官窑遗址研究》《南京城墙护城河体系研究》《南京明外郭遗址研究》等，既全方位补足了相关研究短板，也扩大了南京城墙研究的影响力。而本书也是对城墙价值的一种别样补充——将城墙作为文化意象。业有专攻，本书从文学鉴赏和文学理论出发对历代城墙进行研究，在涉及城墙历史考据的同时，更侧重以文化意象分析作为出发点。

文学与“虚构”是分不开的，虽然虚构不是文学的主旨，却是创作过程中最重要的活动，也是文学作品不可或缺的成分。所以在阐释过程中，我们择取了一些具有虚构性的历史传说、民间逸闻作为素材。这类素材在严肃的城墙历史研究中是不能作为论据的，但在文学讨论的范围里是极有价值和意义的。此外，为凸显城墙的文化价值，本书除关注与城墙本体相关的诗文外，还关注了清凉寺、狮子山、凤凰台、莫愁湖等与城墙相关、在城墙周边并具有较大文化价值的意象，从而体现城墙作为线状遗产的串联性价值。在此，真诚希望读者能够理解和接受这种择取的方式，并乐于了解更广泛的城墙之美。

文化艺术是相辅相成的，自古就有“诗书不分家，诗画不分家”之说。编撰此书时，我们既力求文字的细致耐嚼，也追求文字之外的美学体验。为体现城墙的古今之感，我们以“诗画相融”为出发点，选取了现代的城墙摄影作品若干，也巧妙穿插了城墙的老照片、老图片、老明信片，并辅以传统的《金陵四十八景》点缀其间，做到诗、文、画自然融合，时间与空间在书中交汇。正如胡愈之所说：“一本好书，应当是一件完整的艺术品。一本好书，一定是思想内容、文字插图、标点行格、排版样式、封面装帧都是配合得很匀称、很恰当的，书的内容和形式要能求得一致，表达出一本书的独特风格，这样才真正算得一本好书。”将本书打造为简约的艺术品，是我们的追求，但是否能达成这一目标，还需要可敬的阅读者为我们评定。

在本书定位方面，我们更希望呈现一本饮茶、清谈、闲坐、休憩时的文化传播图书，使读者在享受生活的同时，体味城墙的大美与大爱。正如上文提到的，我们无意于打造一本严肃的理论著作，而是希望通过本书为普通读者打开一扇了解南京城墙的小窗、一本引发美学遐思的导

新年好（董亚梅 摄）

览。如果读完此书，读者能对南京城墙有初步的了解，又有美学的向往，并得到心灵上的宁静享受，那么我们将无比荣幸。

杨绛先生曾说："读书好比串门。"无拘无束地阅读，自由自在地思考，悦目悦心地体验，就是打开这本书的正确方式。希望每位读者翻开本书后，都像是在南京城墙"串了一个门"，既有清爽出游的快乐，又有回归历史的踏实，还能生发出对生活的热爱以及对文化遗产的敬畏挚爱之心。

第一章

『文学之都』与南京城墙

2019年10月31日，联合国教科文组织“创意城市网络”将“文学之都”称号授予了南京。作为中国的首个世界“文学之都”，南京从这一刻起，肩负起了向全世界展示中国文学成果的重任。

为什么南京是世界“文学之都”？这个评定的标准从何而来？南京又靠什么征服了世界呢？回答这些问题并不容易，因为考评的过程不仅综合城市的文脉、出版、文学氛围等种种因素，还要考虑外国文学传播与译介、国际间文学艺术交流影响等方面的条件。一座城市是否有文学气息，绝不能单纯由某部作品、某个作家来判定，但一座既没有作家又没有作品的城市，绝对称不上是有文学气息的城市。这种既丰富又鲜明、既综合又单纯的评判标准让很多城市在“文学之都”的边缘不断徘徊而难入其间。但对于古都南京来说，这种标准最适宜不过了。南京没出过大诗人李白，也没走出过刀笔战士鲁迅，但南京的历史、南京的生活、南京的人和事都沉浸在六朝烟水般的文学意味里，氤氲而成一体。换句话说，南京是诗一般的城市，随便一块青石板都有故事，随便一个街角都有传说，随便一处小景都曾入过旖旎情诗或怀古悲歌。

所以，南京本身就是文学的，是被意象构筑的。

而我们今天，就要触摸她最古老、最宏伟、最沧桑的意象之一——南京城墙。

第一节
诗性南京

诗与南京，历来有不解之缘。我国现存最早的诗文总集《昭明文选》就诞生于南京，该总集收录自周代至六朝梁以前七八百年间130多位作者的诗文700余篇，其中不乏“西北有高楼，上与浮云齐”“冉冉孤生竹，结根泰山阿”等脍炙人口的名句。我国第一部系统的文学理论和批评专著《文心雕龙》亦诞生于南京，该书虽为集史、论、评于一身的多种文体评论之作，但其中关于诗歌的评注堪称开后世诗评之先。继《文心雕龙》后，我国第一部诗歌理论和批评专著《诗品》亦问世于南京，全书共品评了两汉至梁代的122位诗人的诗作，在反对用典、抵制四声八病及挽救诗风方面起到重要作用，且首创概括诗人诗作艺术风格的诗评特色，对后世诗的发展有重要启发和影响。可以说，诗是南京文学气质的独特资源与优势条件之一。

一、城市与诗歌的关系

诗，是用高度凝练的语言，按照一定的格式、格律要求，形象地表达出作者的丰富情感或集中反映社会生活并具有一定的节奏和韵律的文学体裁。诗作为文学之祖，实际上可以代表文学与文化，是一种超越艺术疆界的艺术。所以，诗与城市的关系，就是文学与城市的关系，是文化艺术与城市的关系。

对于城市文化而言，文学早已渗透进传统社会的日常生活和精神结构之中的。自文学初兴之时起，城市就与文学密不可分——城市是文学的重要表现对象，文学也成为构建城市精神文化的重要力量。先秦时期，《诗经》曾生动地记载了周代的城市生活，如《大雅》中诸多诗篇描述了文王、武王、成王规划和兴建丰镐两城、东都洛邑的历史。从汉代到六朝，赋盛行于世，虽然不同于诗，但这种韵文兼具诗歌的性质，极尽“夸张铺叙之能事”，如班固的《两都赋》、张衡的《二京赋》和左思的《三都赋》等，都是描写城市文化、塑造城市风格的名篇。至唐宋时期，诗歌鼎盛发展，长安、洛阳、扬州、开封、杭州等诸多城市屡屡成为诗人笔下的意象。仅以长安为例，诗句就数不胜数，如“长安一片月，万户捣衣声”“春风得意马蹄疾，一日看尽长安花”“秋风生渭水，落叶满长安”等。唐代的金陵虽地位较低，但也是诗人思古抒怀的重要对象。据统计，仅唐代及五代期间，咏金陵的诗歌就有354首。而“帝都长安”“东京繁华”“怀古金陵”等文学意象也与这些动人诗篇一同留下，成为每座城市独特的风韵。

如今，诗歌作为最古老的文学体裁，颇有式微之势，但诗性和大量丰富的文学意象已经成为流淌在国人血脉里的“文化基因”。诗与文学，让我们把个体的城市记忆凝结成一种群体意识，并借助意象建构起城市精神的共同体。

二、南京人与“诗性生活”

正如上文所说，南京一直受诗人偏爱，在诸多诗文的滋养下，成为一座有诗意的城。朱自清泛舟于秦淮河时有云：“秦淮河里的船，比北京万生园、颐和园的船好，比西湖的船好，比扬州瘦西湖的船也好，这几处的船不是觉得笨，就是觉得简陋、局促；都不能引起乘客们的情韵，如秦淮河的船一样。”这“情韵”二字，既道出了秦淮河的与众不同，又道出了南京城市的诗性与浪漫。因为秦淮河有诗，有“烟笼寒水月笼纱，夜泊秦淮近酒家”，有“梨花似雪草如烟，春在秦淮两岸边”，有“十里秦淮思鼎盛，六朝金粉历沧桑”，经诗篇浸润过的河水自然有了更多的回味。

生活在诗意南京的人们，也更具有享受“诗性生活”的气质。曾在南京城寓居的吴敬梓，在《儒林外史》中提及两个挑粪人相约去雨花台看日落的小情节，并抒发了“真乃菜佣酒保都有六朝烟水气，一点也不差”的感慨。生活在南京城里的人，即使被生活重压，也会腾出片刻生命的空隙，去感受风花雪月、春华秋实。这种并非刻意营造出的风雅，正是渗透于南京城市生活中的怡然自得、诗性雅趣。

这座城市将诗意既写入历史又融入生活心态和饮食细节，保持了政治伦理话语和审美话语的共存。“诗性”是南京城市生活细节的艺术之核。

城墙下的偶遇（林琨 摄）

三、一座城的“意”与“象”

一首好诗，需要借助意象而彰显。“意象”是中国文化特有的范畴，早期主要出现在中国古典哲学、美学等文论之中。“意象”是“意”与“象”两个概念的组合。“意”概指审美主体的意识、心志、情义、旨趣等心理内涵，表现于艺术作品，则指其思想含义、情理内容、精神境界。[①]

就古典诗词而言，诗人所写之“景”、所咏之“物”，即为客观之“象”。经过时间的洗礼，南京自有其丰富而独特的意象体系，如象征着隐逸出世之风的栖霞寺——泉冷无三伏，松枯有六朝。何时石上月，相对论逍遥（皮日休《游栖霞寺》）；如既有送别惜离之意，又有怀古伤今之情的劳劳亭——金陵劳劳送客堂，蔓草离离生道旁。古情不尽东流水，此地悲风愁白杨（李白《劳劳亭歌》）；再如表达闺怨思春之情的桃叶渡——宝钗分，桃叶渡，烟柳暗南浦。怕上层楼，十日九风雨。断肠片

① 张皓：《中国美学范畴与传统文化》，湖北教育出版社1996年版，第135页。

民国时期的南京城墙

片飞红，都无人管，更谁劝、啼莺声住（辛弃疾《祝英台近·晚春》）。

在诸多意象之中，南京城墙是极为独特的一个。这种独特一方面表现在时间的承续性上，与劳劳亭、桃叶渡等某一时期的意象相比，南京筑城历史悠久，城墙意象贯穿始终；另一方面表现在综合性上，南京城墙既是线性的建筑，也围合成了不同的功能区域，以城墙为核心形成的集散中心更是数不胜数，以城墙为背景的传说故事也不胜枚举，所以南京城墙这一意象的丰富性显然更胜一筹。

作为“象”的南京城墙，从狭义来说，应指公元1393年建成的南京明城墙。但从广义来说，南京城墙的筑城史延续不断，历代城墙的修筑或多或少以前代城墙为雏形和基石，“城墙”这一意象也从未在南京城的文化视野中消失。因此，笔者所提的“南京城墙”是作为诗词意象的城墙，更宜从广义的“南京历代城墙”角度入手，包括春秋三城（棠邑、濑渚、冶城）、战国两城（越城、金陵邑）、秦汉秣陵城、孙吴建邺城、六朝建康城、南唐江宁府城、南宋建康府城、元朝集庆路城和明朝南京城（含京城城墙、浦口明城墙、六合明城墙、江浦明城墙等）等。借景所抒之“情”，咏物所言之“志”，即为主观之“意”，作为“意”的南京城墙具有多重的价值和内涵，且经过历史更迭洗礼，在历代诗文中形成了以南京城墙为核心的诗词创作意象群，并经过归纳形成了南京城墙这一独特的诗词意象。

南京城墙作为南京体量最大、文化内涵丰厚的重要文化遗产，经过650余载岁月，逐渐融入了南京的城市血脉，根植于南京市民的城市记忆，成为情感寄托的重要载体，并通过诗词歌赋的多次吟咏，逐渐形成了一个具有独特价值的文化意象。

第二节
意象城墙

现存南京明城墙虽始建于1366年，但其文化形象的起始远远早于这一年份。被认为是南京建城史发端的越城，又称范蠡城，俗称“越台”。周元王四年（前472），越王勾践灭吴，在今南京城南秦淮河南岸长干里与雨花台之间的一片高地上筑起一座城池，城周二里八十步（约991米）。公元229年，孙权迁都建业（今南京），此后东晋、宋、齐、梁、陈、南唐、明初等朝代或政权定都于此，城池不断演变，形成一系列“城之集合”，也带来了“龙湾

生（董亚梅 摄）

城”“石头城”“台城”“城门”等一系列与南京城墙相关的意象群。这些意象群在不同的历史时代被赋予了不同的文化价值和情感色彩，不断塑造着这座城市的文学想象和生活模式。

一、怀古诗意的氛围营造

南京筑城史上，旧传楚人埋金于金陵冈，以镇王气，陈文述信之，便有“吴国当年曾铸剑，楚王何事此埋金”[①]之句。“虎踞龙蟠”的风水地势与“金陵王气黯然收”的传说，给“石头城”这一意象赋予了“壮志难酬”的悲伤氛围，石头城于是成为历代诗词中最具代表性的怀古意象地。其中以唐代刘禹锡的《西塞山怀古》最为经典：

王濬楼船下益州，金陵王气黯然收。
千寻铁锁沉江底，一片降幡出石头。
人世几回伤往事，山形依旧枕寒流。
从今四海为家日，故垒萧萧芦荻秋。

① 朱偰：《金陵古迹图考》，中华书局2015年版，第75页。

全诗以“降幡”为诗眼，感怀了王朝没落、山河空流的悲秋怀古之情。颇有意趣的是，“石头城”这一意象的伤感怀古色彩并未随着王权的更迭而淡去，也不会因为统治阶级在南京持续筑城而失去原有魅力。我们在明代诗歌中，依旧可以看到以“石头城”为怀古对象的作品。明代文徵明的《金陵咏怀》中有这样的诗句：

钟山日上紫烟收，金阙参差万瓦流。
帝业千年浮王气，都城百雉隐高秋。
声华谁觅乌衣巷，形胜空吟白鹭洲。
回首壮游心未已，西风策马看吴钩。

城墙作为重要的防御工事，在历代战争中往往首当其冲，既是历史的见证者，也是伤亡、离乱的佐证。南京城墙筑城史中的台城，就是其重要代表之一。与石头城的金戈铁马之风不同，台城因为陈后主与张丽华的胭脂粉墨而染上凄然之气，既有灭国亡朝之恨，又有哀嫁幽怨之伤，所以刘禹锡作《台城》悲歌：

台城六代竞豪华，结绮临春事最奢。

万户千门成野草，只缘一曲后庭花。

再如清代王士祯的《台城怀古》：

覆舟山畔古台城，故垒参差触目惊。

蔓草萦烟野萧瑟，寒禽将子水纵横。

如果说石头城体现了一种“金陵王气黯然收”的忧愤与无奈，那么台城就是鲜明的“后庭花”映衬下的亡国哀歌。这一类哀歌在文学史上，作用往往是“引以为鉴”，即“以诗为镜”，通过对过往历史事件的描述吟咏，暗示古与今的共通之处，从而起到警示、告诫的作用。与台城相对应的，还有南京明代城墙的另一组成部分——明故宫。经历迁都后的明故宫形成了一个新的“以史为鉴”的意象，如清朝康熙帝在《金陵旧紫禁城怀古》所述：

秣陵旧是图王地，此日鸾旗列队过。

一代规模成往迹，六朝兴废逐流波。
宫墙断缺迷青琐，野水湾环剩玉河。
治理艰勤重殷鉴，斜阳衰草系情多。

在游历明故宫、追忆“六朝兴废”的同时，他又提出了“治理艰勤重殷鉴”的要求，成为咏述明故宫诗词的一种特色。再如其后乾隆帝游历南京时所作《过明故宫》：

六朝崇构早摧残，基剩明宫烟草寒。
木凤已闻翔北阙，石鲸无恙枕春澜。
胡宽巧思真重睹，邹缉忠言信不刊。
周监在殷殷监夏，凛然动念惨然看。

这首怀古诗颇有特色，在描写明故宫的同时，无形中与紫禁城形成对比，并得出对当年迁都者“信不刊”的议论，以古衬今，表达对当今统治的自满与自负，这也是以城墙为“鉴”的又一种表现形式。

由此可见，随着历史的更迭，对城墙的咏述既有对封建王朝的怀古追忆，又能以古鉴今、沉痛反思，这种思古、怀古的诗文风格对南京的城市文化有着深刻的影响。正如现代作家叶兆言感慨的那样，“‘兴亡’简直成了南京的一个命题作文”。

二、大一统王权下的心理塑造

虽然南京城的兴亡故事带来了太多感慨，但单从形象来说，人类对城墙的第一感受往往是安全感。尤其是“高、坚”甲于海内的南京城墙，一望而令人生畏生敬，从而极易产生对王权的崇拜及对和平生活的感恩。有学者曾提出：“考古学不是研究‘感恩’的科学，但考古学提示出的人类社会进步史却可以理性地培育人们的文化感恩意识。”[①]对南京城墙的文化意象分析，也能从中挖掘出异曲同工之处。城墙的存在既是地理屏障也是心理屏障，是安居乐业的前提和基础，这一点从诸多关于“筑城”的诗词与歌谣中可见一斑，如明代刘基的《筑城词》：

① 贺云翱：《卷首语》，《大众考古》2015年第1期。

君不见杭州无城贼直入，台州有城贼不入？
重门击柝自古来，而况四郊多警急。
愚民莫可与虑始，见说筑城俱不喜。
一朝城成不可逾，挈家却向城中居。
寄语筑城人：城高固自好，
更须足食仍足兵，不然剑阁潼关且难保。
独不念至元延祐年，天下无城亦不盗。

从艺术性而言，全诗仅有一个意象，即南京明城墙，通篇也围绕着一个主题阐释，即筑造南京城墙的利好，以及相比高筑城墙，更应足食足兵，否则就算如雄关险道也无济于事。其中提到了一个非常有意思的现象，那就是听说筑城人人都不开心，因为筑城意味着苦役与血汗，但城墙筑好后，人们还是会争先恐后举家迁入城中寻求城墙的庇护——这种直白的表述方式，恰恰明确了人们对于城墙的感恩心理，进而衍生出对能够保护百姓安全的王权的拥护心理。

有城，就意味着可以免遭外贼入侵和屠戮，过上安居乐业的生活，这是城墙作为意象与其他诗词意象极为不同之处，也极大地塑造了南京人民的独特诗性心理——“王朝心理”。这种王朝、王权的自得之心，往往通过南京城墙这一意象得以显现。尤其南京城墙自越城而始，至明城而终，历时悠久，兵家必争，经历过诸多重要的战役，见证了多次历史变迁，因此更催生了这一系列情感的诗词篇章。如明代孙蕡的《南京行》：

秦淮水入丹阳郭，北固城连六代宫。

岌嶪石头如踞虎，逶迤钟岳似盘龙。

这是诗人在歌颂城墙的坚固雄壮，寄托了必能保国平安的壮志。尤其在城墙的基础上，勾连提出了“秦淮水”（作为护城河）、踞虎与盘龙（地势地利），进一步强化了对王朝的信心与期待。又如前述明代文徵明《金陵咏怀》，此诗表达了有心带吴钩征战、再复河山的豪气勃发。这种豪气与王气的抒发，再次借助了“都城百雉”这一意象，辅以钟山（地势地利）与金阙（历史王权的佐证），形成了一组富有南京特色的意象群，也塑造了南京人自得、豪气的心理状态。这种心理状态与北京的“长在皇城根儿”不同，这是一种带有更思古、更宿命的文化自豪感，也是一种“六朝遗韵”的从容，一种经历过繁华又回归清冷后的淡定。

在南京近现代的创作中，这种心态尤为明显，“这个城市，没有太多的欲望，——我是这么以为的，人相对来说处于一种放松的状态”[①]。土生土长的南京作家叶兆言也在其创作中，透露中一种不紧不慢、漫不经心、娓娓道来的悠哉。这种独特的气韵，正是历史和诗意赋予南京的。

三、对世俗生活的热切向往

城墙，作为冷兵器时代的军事防御载体和城邑权力象征，其最初的修筑绝非出于美学和诗学的考虑，而是纯功用性的考量。但作为一种建筑物和象征物，城墙筑成之后，在土地上形成新的地理标志，并因为空间上的划界而导致心理界限的产生，进而产生文化上、民俗上、情感上的各种界限。在中国历代城墙的修筑过程中，任何一道

① 魏微：《既温存又暧昧》，安徽文艺出版社 2001 年版，第 212 页。

城墙都能构成“城内”“城外”的鲜明划分，人的“出城”“离城”不仅体现了物理距离上的远去，还表达了情感上的别离、悲凄等，而历代诗词也多将这种情感加以描述。如明代黄姬水的《金陵古意八首》有这样的描写：

聚宝城门平旦开，倾都士女眺香台。

夕阳官路游人散，竞折花枝插鬓回。

聚宝门位于南京城南。诗的开篇，以城门的打开作为序幕，游人纷纷出城踏春。年轻女子不耐远走，则可以登上城楼或城外的高台，远眺春景。至此，作者笔锋一转，转至日薄西山，游人渐渐结束行程，从聚宝门归来，而归来时带回的不仅有倦意，还有满心的恬适和一头的香花。在这首诗中，城门成为贯穿始终的对象，打开了“出城游”“插花回”的空间舞台，使一幅踏春图景既得以具象展开，又给人以想象的空间。如果没有聚宝门这一意象，则无法达到这种“去又回”的时间感和地理界限感。从这一角度来说，这幅青年男女竞相出城踏春、折花而归的浪漫世情画卷，作为文化意象的南京城墙功不可没。

与此类似，随着人居活动的发展，城墙逐步由界限类功能衍生了聚合类功能，从而形成了更具特色的文化意象。如诗词中经常出现的“长干里”，就是典型的聚合类意象之一。六朝时期，江东将山冈之间俗称为“干”，建康城南山冈之间的平地，被称为“长干”，长干之内有大长干、小长干、东长干之分，是一个吏民杂居的生活区。长干里位于今南京城南，大致范围在雨花台北侧、中华门南侧一带。早在春秋战国时代，长干里一带已是人烟稠密之地。《至正金陵新志》说“长干里，在秦淮南，越范蠡

春到东水关（胡大建 摄）

筑城长干”，南京城市的雏形越城就位于此。越城在此修筑，不仅借自然环境的山水卫护、攻守皆宜等优势，也在筑城之后形成了物产丰富、交通便利、商业繁荣、人口密集的居住环境。六朝时期，长干里是南京最繁华的地方，是著名的商业区和货物集散地。因此，关于“长干”的诗词层出不穷，有“回首长干思无限，水风杨柳作秋声”（元代王冕《金陵怀古》）、“衰柳白门湾，潮打城还。小长干接大长干。歌板酒旗零落尽，剩有鱼竿”（清代朱彝尊《卖花声·雨花台》）等佳作依此而生。其中最负盛名者，为李白的《长干行》（其一）。诗中的“郎骑竹马来，绕床弄青梅。同居长干里，两小无嫌猜”，表现出作为民居意象的长干里，围合了一段浪漫的爱情故事。

与南京城墙有关的诸多诗文，都表现了对世俗生活的向往，这种对热闹、幸福的渴望，也是南京诗性生活的又一特征。如自古流传至今的“金陵灯会”（现称秦淮灯会），是我国规模最大的民俗灯会活动，有着“天下第一灯会”的美誉。南京人喜办灯会、喜看灯会，持续呵护着“花市灯如昼”的传统，正是这种生活情趣的重要体现。

四、作为感鉴的文化寄托

在南京城墙的诗词意象群中，除怀古与史鉴之外，“寄托心灵”也是其重要特征。南京历代城池地址不断变迁游移，囊括了许多具有典型性的文化意象。李白的《登金陵凤凰台》中的凤凰台就是一例：

凤凰台上凤凰游，凤去台空江自流。
吴宫花草埋幽径，晋代衣冠成古丘。
三山半落青天外，二水中分白鹭洲。
总为浮云能蔽日，长安不见使人愁。

此诗写于天宝年间，李白受排挤南游至金陵，途经凤凰台所作。凤凰台在今南京城之西南隅的花露岗（古称凤凰山），是六朝著名古迹。明代马生龙在《凤凰台记事》中提及，“筑京城，用石灰秫粥锢其外，上时出阅视，监掌者以丈尺分治。上任意指一处，击视皆纯白色，或稍杂泥壤，即筑筑者于垣中，斯金汤之固也”[1]，佐证了凤凰台为南京城墙旧址的重要组成部分。凤凰台对后世文化影响深远，清代王友亮《落星冈怀李白》诗云：“鹭州寂寞凤台荒，醉卧落星冈畔石。”在“怀李白”的同时，进一步夯实了凤凰台的文化地位。如今凤凰台已不复存在，仅留考据的遗址方位，今天南京城墙的中华门至集庆门之间已增设“凤凰台上”内部阅读空间，以为纪念。

又如以“梅妻鹤子”闻名的林逋所作《台城寺水亭》诗云：

金井前朝事，林僧问不知。
绿苔欺破阁，白鸟占闲池。
清楚曾经晋，荒唐直到隋。
南廊一声磬，斜照独凝思。

虽然时至今日台城内的台城寺已不在，但这种冲淡之

① 〔明〕马生龙：《凤凰台记事》，《四库全书·子部·杂类项》，元明事类钞项十五。

气是可以穿越时空、触心而及的。凡此种种，都与城墙密切相关，城墙提供的不仅是一个可供活动的场所，更是一个能够联结古今的秘密通道，在这个时空环境里，人们登的不仅是高，更是古与今的落差与转变。在这种历史的氛围中，对民族文化与根脉的感恩之情，油然而生。

南京的筑城史在明代达到高峰，之后走向衰落，这是城墙原始作用没落的一种体现，也是新的文化遗产价值崛起的起点。在这段过程中，诗词中的南京城墙意象呈现出了新的规律，即封建王朝思想不断弱化、民族国家思想不断强化，且涵化与互化特征越来越凸现。

城墙从最初的某个王朝、某个历史事件的指代象征，拓展为中华民族、历史全程的见证。将南朝诗词与近现代诗歌进行对比，不难发现这种从“对旧王朝的追思”到“对家国的追思”变化的趋势。南朝时期鲍照作《还都至三山望石头城诗》：“攒楼贯白日，摛堞隐丹霞。征夫喜观国，游子迟见家。”此时，城墙的存在仅限于对国土、田园的思念之情。到晚清康有为写作《游金陵明故宫及孝陵秦淮旧板桥》时，明故宫在诗人笔下所象征的不再是某个朝代，而是寄托了诗人对国运衰微的忧患。至民国时期余天祟的《初发金陵》，这种情感进一步得到强化：

钟山高拥石头城，虎踞龙盘旧帝京。
地势不须说天堑，共和战胜在民情。

诗人极力强调石头城的“高拥”，以及南京作为“旧帝京”的权威，而后笔锋一转，又提出了“地势天堑不如民情”的中心思想，进一步强化了家运同国运、民心可胜天的主题。

纵观南京城墙诗词，地缘性不断丰富与强化，家国之思也越来越浓重，这是南京城墙作为意象群不断成熟的体现，也是南京城墙文化价值不断提升的反映；而这种复杂的历史渊源与沉重的城市苦难，也成为南京诗性文化的一个特征。

诗词链接

登金陵凤凰台

〔唐〕李白

凤凰台上凤凰游，凤去台空江自流。
吴宫花草埋幽径，晋代衣冠成古丘。
三山半落青天外，二水中分白鹭洲。
总为浮云能蔽日，长安不见使人愁。

[简介]

李白（701—762），字太白，号青莲居士，又号“谪仙人”，被后人誉为“诗仙”，与杜甫并称为“李杜”。

李白平生多次游金陵，是唐代诗人当中留下金陵诗篇最多的。这首《登金陵凤凰台》写于天宝年间，为李白受排挤南游金陵，途经凤凰台所作。凤凰台在今南京城之西南隅的花露岗（古称凤凰山），相传刘宋永嘉年间有凤凰翔集于此，乃筑台，是六朝著名古迹。

西塞山怀古

〔唐〕刘禹锡

王濬楼船下益州，金陵王气黯然收。
千寻铁锁沉江底，一片降幡出石头。
人世几回伤往事，山形依旧枕寒流。
今逢四海为家日，故垒萧萧芦荻秋。

[简介]

刘禹锡（772—842），字梦得，中山（今河北定县）人。唐代大臣、文学家。德宗时进士，曾任监察御史、集贤直学士、苏州刺史等。官终检校礼部尚书，卒赠户部尚书。工文章，尤善诗，晚益精，白居易推为“诗豪”。

这首诗以公元280年晋代大将王濬攻进石头城为背景，孙吴后主孙皓无能，竟抬着棺材至营门受降，祖先江山就此断送。其中“降幡出石头”，指的便是石头城。

台城

〔唐〕刘禹锡

台城六代竞豪华，结绮临春①事最奢。
万户千门成野草，只缘一曲后庭花。

[简介]

本诗与《石头城》《乌衣巷》等共为《金陵五题》，均为怀古之作。作者临台城遗迹，追六代繁华，不由发出了对醉生梦死君王之诘问，见微知著。

[注释]

①结绮、临春：皆为陈后主在景阳宫中修建的豪华楼阁。

台城寺水亭

〔宋〕林逋

金井前朝事，林僧问不知。
绿苔欺破阁，白鸟占闲池。
清楚曾经晋，荒唐直到隋。
南廊一声磬，斜照独凝思。

[简介]

林逋（967—1028），字君复，又称和靖先生，浙江钱塘（今浙江杭州）人。终生不仕不娶，唯喜植梅养鹤，世称“梅妻鹤子”，著有《和靖先生集》。

台城寺，原在台城内，今已不复存在。

金陵怀古

〔元〕王冕

坏墙幽径草青青，何处园林是旧京？
海气或生山背雨，江潮不到石头城。
英雄消歇无人语，形势周遭夕照明。
回首长干思无限，水风杨柳作秋声。

[简介]

王冕（1287—1359），字元章，号煮石山农，亦号“食中翁”“梅花屋主”等，浙江诸暨枫桥人，元代著名画家、诗人、篆刻家。

筑城词

〔明〕刘基

君不见杭州无城贼直入，台州有城贼不入？
重门击柝①自古来，而况四郊多警急。
愚民莫可与虑始，见说筑城俱不喜。
一朝城成不可逾，挈家②却向城中居。
寄语筑城人：城高固自好，
更须足食仍足兵，不然剑阁潼关③且难保。
独不念至元延祐年，天下无城亦不盗。

[简介]

刘基（1311—1375），字伯温，浙江青田县南田乡（今属浙江省文成县）人。元末明初的军事家、政治家、文学家，明朝开国元勋，与宋濂、叶琛、章溢合称“浙东四先生”，与宋濂、高启并称“明初诗文三大家”。

[注释]

①柝：古代打更用的梆子。

②挈家：携带家眷。

③剑阁、潼关：秦有潼关，蜀有剑阁，皆国之门户。

南京行

〔明〕孙蕡

南京自古说豪雄，远胜秦中与洛中。
吴越千山高拱北，巴江一道远朝东。
秦淮水入丹阳郭，北固城连六代宫。
岌嶪[1]石头如踞虎，逶迤钟岳似盘龙。
龙楼凤阁天中起，万户千门霄汉里。
太乙勾陈紫极通，翔鸾舞鹤珠峰峙。
却日觚棱[2]驾寥廓，行空复道侵箕尾[3]。
仙掌铜盘玉作流，灵芝华盖霞为绮。
华盖灵芝粲绮霞，御桥金水正当衙。
五门彩旭朝天仗，驰道香风散日华。
细柳千章争拂地，娇莺百啭竞啼花。
紫电龙光飞武库，雕甍甲第列侯家。
侯家卿相真才彦，玉笋蝉联奉天殿。
屈宋摛文入石渠，韩黥耀武专方面。
黄阁承恩宣雨露，乌台执法行霜霰。
环佩声清散早朝，葡萄酒绿沾春宴。
春宴春风坐百花，归来里巷斗香车。
金张富贵人争羡，王谢风流世共夸。
隐约商笳随赤羽，葳蕤大纛[4]映彤牙。

盘陀[5]宝校光前导，组络鸣镳[6]隘狭斜。
狭斜西下通三市，紫雾红尘拂天起。
南陌东厢马似龙，乌衣朱雀人如蚁。
争看买珠轻薄儿，亦讶探丸游侠子。
犹怀凤台醉李白，无复新亭泣周顗。
井傍美人悲丽华，道上行人谭结绮。
结绮临春总可怜，龙河一带但寒烟。
天界丛林开象魏，冶亭高阁艳神仙。
神仙尽是蓬瀛侣，更画秦台玉箫女。
渺渺青鸾月下来，飘飘彩凤云中举。
别有青楼大道旁，烟花万树俨成行。
飞琼袅袅翠罗袖，小玉峨峨红粉妆。
小玉飞琼两少年，清歌妙舞斗嫣妍。
舞态盘回芳树底，歌喉宛转落花前。
彩云作雨朝朝合，璧月流光夜夜圆。
朝朝暮暮长如此，秋月春花若流水。
去岁今年景不殊，南来北去人相似。
生绿罗屏遮上客，流苏帐暖邀公子。
烂漫三春锦绣城，空濛一片笙歌市。
繁华佳丽乐无边，我独胡为困一廛。
已似扬雄栖白屋，还如司马卧文园。
谁将积业三千牍，换取扬州十万缠。
桃李风前歌扇底，看花骑马过年年。

[简介]

孙蕡（1337—？），字仲衍，号西庵先生，广东南海平步（今顺德平步乡）人。元末明初岭南著名学者、诗人。洪武三年（1370）举于乡，曾修《洪武正韵》。后因为蓝玉题画，被朱元璋诛杀。死后诸书散佚，今存《四库总目》于世。《南京行》收于王夫之《明诗评选》，王氏评曰：“匀适生动。虽有次序，而不落元、白，故无损于风韵。”

[注释]

①岌嶪：高峻貌。

②觚棱：亦作“柧棱”，宫阙上转角处的瓦脊成方角棱瓣之形。亦借指宫阙。

③箕尾：指箕尾星。

④大纛：古代行军中或重要典礼上的大旗。

⑤盘陀：指曲折回旋，形容石头不平。

⑥鸣镳：马衔铁，借指乘骑。

卖花声·雨花台

〔清〕朱彝尊

衰柳白门[1]湾，潮打城还。小长干接大长干。歌板酒旗零落尽，剩有鱼竿。

秋草六朝寒，花雨空坛。更无人处一凭阑。燕子斜阳来又去，如此江山。

[简介]

朱彝尊（1629—1709），字锡鬯，号竹垞，又号醧舫，晚号小长芦钓鱼师，又号金风亭长。浙江秀水（今浙江嘉兴）人。清代词人、学者、藏书家。康熙十八年（1679）举博学鸿词科，二十二年（1683）入值南书房。曾参加纂修《明史》。

[注释]

①白门：六朝时，都城建康的正南门宣阳门世称白门。

台城怀古二首

〔清〕王士祯

覆舟山畔古台城，故垒参差触目惊。
蔓草萦烟野萧瑟，寒禽将子水纵横。
紫云黄鹄符终验，白马青丝谶又成。
千载华林宫馆路，清明时节野棠生。

传檄风生南雍州，萧郎三十冠诸侯。
兰陵家国偏多故，荆楚干戈且未休。
遗老空闻龙渎语，荒原都作雉媒秋。
可怜代景行师日，水到青塘咽不流。

[简介]

王士祯（1634—1711），原名王士禛，字子真，一字贻上，号阮亭，又号渔洋山人，世称王渔洋，谥文简。山东新城（今桓台县）人，清初杰出诗人、文学家。清顺治十五年（1658）进士，康熙四十三年（1704）官至刑部尚书，颇有政声。继钱谦益之后主盟诗坛，与朱彝尊并称“南朱北王”。诗论创“神韵”说，后世影响深远。

过明故宫

〔清〕爱新觉罗·弘历

六朝崇构早摧残，基剩明宫烟草寒。
木凤已闻翔北阙，石鲸无恙枕春澜。
胡宽巧思真重睹，邹缉忠言信不刊。
周监在殷殷监夏，凛然动念惨然看。

[简介]

爱新觉罗·弘历（1711—1799），清朝第六位皇帝，入关之后的第四位皇帝。年号“乾隆”，寓意“天道昌隆”。二十五岁登基，在位六十年。

落星冈怀李白

〔清〕王友亮

骑鲸仙人①钓鳌客，小驻金陵饮春色。
鹭州寂寞凤台②荒，醉卧落星冈畔石。
淋漓倒著宫锦袍，不独诗豪更酒豪。
欲唤东风吹绿水，大江尽化为醇醪。

[简介]

王友亮（1742—1797），字景南，号葑亭，又号东田，出生于南京。清代诗人，与袁枚、蒋士铨、姚鼐等均有交往，著有《双佩斋集》《金陵杂咏》。

[注释]

①骑鲸仙人：即指李白，相传李白并非失足跌落而死，而是骑着鲸仙去了，故有此称。

②凤台：指李白曾作诗篇的凤凰台。

初发金陵

余天遂

钟山高拥石头城，虎踞龙蟠旧帝京。
地势不须说天堑，共和战胜在民情。

[简介]

余天遂（1882—1930），原名寿颐，字祝荫，江苏昆山人。1912年任孙中山总统秘书，曾任宋教仁创办的《太平洋报》新闻主笔，也曾随北伐军北上。存有《余天遂遗稿》。

本诗是借南京城虎踞龙蟠的传说和地利，宣传革命与共和思想。

第三节
城墙与诗性生活

正如诗人荷尔德林所说，人类真正的生活方式，应该是“诗意地栖居在大地上”[①]。南京城墙这一意象群应脱胎于诗词领域，进而走向更广泛的书写空间。古都的城市生活也应以南京城墙这一意象群为依托，充分发挥这一意象群的丰富性、串联性，挖掘南京城墙从“诗词意象群”向“城市生活意象群”的可能性，从而追回城市记忆，重续历史文脉，强化地域特色，实现人与城、文化遗产与城市建设、传统文化与现代生活多种关系的交融与共同发展。

一、深入挖掘遗产类意象的诗性价值

南京的文学资源不仅包括与南京城市密切相关的文学作品、南京的文学家群体、南京的文学活动与消费者，还

① 〔德〕海德格尔著，孙周兴译：《荷尔德林诗的阐释》，商务印书馆2009年版，第40页。

包括南京的文学空间与景观。在南京，大量的历史建筑被赋予城市瑰丽的文学想象。除南京城墙之外，无论是明孝陵、朝天宫、阅江楼等古代文化建筑，抑或是美龄宫、大华大戏院、汇文书院钟楼、江南水师学堂等民国建筑，都可以作为独立意象或聚合成为意象群，助力“文学之都”的发展。但目前对这些地标性的意象，有关部门仅进行了旅游价值和经济价值开发，却未更深层地推进其文学价值的深度挖掘。

在此层面上，南京城墙作为南京最大的文化遗产，能够发挥更强有力的作用。南京城墙在“天人合一”的思想下，结合传统文化中的风水堪舆理论，不循四方形状的古制，而依自然山水形势布局建成，绵延几十里，串联起周边诸多景观，不仅有上文提及过的长干里、凤凰台、台城柳，还有鸡鸣寺、狮子山、报恩寺等。南京城墙与周边景点的联系，将单一意象聚合成为金陵意象群，使得诗性的审美与生活情趣，进一步贴近“文学之都”的要求。

二、开拓以城为家的诗性生活新格局

“文学之都”的精神内核想要真正进入人们的日常生活，“以城为家”将是最优的选择。近年来，南京城墙开展了一系列活化利用活动，不断拉近城与民的距离，“明城墙”成为“民城墙”。如“书香满城”活动，南京城墙给市民游客提供了一个“书房”。20世纪50年代的拆城及80年代开始的城墙维修工程，使得南京城墙的内部出现了不少人为修筑的空间，对这些空间进行合理的利用，集城墙历史文化底蕴、山水城林景观为一体，百姓随时可以“走进城墙肚子里”读书，增加了阅读的空间，就是“以城为家”的成功尝试。近年来，南京举办“城门挂春联，南京开门红”活动，在各大城门挂上巨幅春联，也有“以城门为家门”的意义。

由此可见，加强文化意象类景观的活化利用，打造更亲民的文化活动，研发出能够“带回家”的文化创意产品，使文化与文学融合，城市景观与温馨小家融合，有利于打开更加广阔的诗性生活格局。

三、以特色遗产景观实现“文学之都”的“落地”

“文学之都”不仅是一个称号，更应该在发展中“落地”。从文化意象的角度来说，可以借助视觉性的实体景观，使文化性和诗意生活深入人心，让市民有真切感知，并在欣赏景观的同时逐步上升至理性的接受。南京作为世界“文学之都”，也应当建设自己的文学景观。目前，南京已经有相关的范例，如地铁三号线的各站点用《红楼梦》元素统一装饰布置，每一站有一个主题，强化了“红学”在市民心中的地位；再如朱自清《背影》中提及的浦口火车站，本身是中国唯一完整保存旧时风貌的火车站，也是第七批全国重点文物保护单位之一，如今打造而成的“民国风情特色小镇”更加聚

蛟龙出城（吴利群 摄）

焦这一文学意象，使游客步及此地时，联想起散文中迈着蹒跚的步子、爬上月台买橘子的慈父。诸如此类的事例不胜枚举。

文化意象存在于诗词中，也存在于现实的生活中。如果能进一步挖掘现有的文学资源、诗词意象，打造以文学为核心的景观，如文学纪念场所、作家名人雕塑、特色书店等，通过景观传达更加具象的文学信息，能够助力“文学之都”进一步走进民心，焕发活力。

总而言之，在南京被授予世界“文学之都”的今天，650余年的古城墙将与其他文化遗产、文化意象一样，伴随不断发展的南京城市和诗意生活的南京人民，带着文学的历史风尘和宝贵价值，向着未来整装待发。

第二章

城与诗的碰撞

第一节
苍凉浑厚，一语难尽：千古兴亡说石头

说起石头城，要先从石头山讲起。

石头山，名字质朴得可爱，单纯从字面上来理解，应该是形容一座石头很多的山。实际上也确实如此，清《同治上江两县志》记载：“自江北而来，山皆无石，至此山始有石，故名。”意思就是说，从江北到周边一带的山都看不到什么大石头，唯独到了这里，山上能够见到大石头，所以就起了一个石头山的名字。后来孙吴在石头山建城，城随山名而起，故名石头城。

地名的命名，往往能够体现地域文化与时代情境，以不同修辞手法呈现出的地名往往也会给人以不同的感受。从这一角度来说，石头山、石头城这两个名字都是极为具象的，没有虚饰和想象的空间。但为什么我们读到“石头城”这三个字的时候，并不因其名浅近而觉得粗俗呢？这是因为，随着历史的变迁，石头城已经被赋予了更多内涵

与色彩，并升华成一种城市文化的标志。

这种升华的过程，与历代诗文是分不开的。

一、石头城：历史与命运的载体

从城池的本质来说，防守护卫、抵御外侮是其最大价值的体现，然而从文化符号的角度来讲，见证兴衰、上演更替则是更加沉重的使命。石头城，见证了孙吴的欣欣向荣，也经历了亡国的最后一幕，由始而终，天坼地裂，引人喟叹。

谈及石头城的兴起，很多人都会想起“虎踞龙盘”的传说。据说在东汉末年，刘备与孙权联合抗击曹操，诸葛亮出使孙吴。经过石头山时，诸葛亮驻马止步，查看山川地形，发现东南方的钟山犹如巨龙盘旋，西南方的石头山仿佛猛虎雄踞，于是情不自禁发出了感慨：“钟山龙盘，石头虎踞，此帝王之宅也。”孙权高度重视诸葛亮对当时秣陵的评价，后来定都于此。

这个传说虽然脍炙人口，但到底是否为真，说法不一。在《三国志》等正史中，并没有诸葛亮到南京的记载，更别说在石头山驻马、发出感慨的情节了。而且在当时的条件下，诸葛亮出使孙吴大概率要走水路。既然是行船，那么也很难出现“驻马”的情节，顶多是“系舟”。《三国志》里倒是对孙权定都秣陵有另外一番记载，说是东吴谋臣张纮曾劝说孙权定都于此，孙权没有接受。后来刘备也来到南京，觉得这是个好地方，就向孙权推荐。这时候孙权想起了当初张纮的建议，觉得智者所见略同，于是采纳了这个建议。从这一角度来说，定都秣陵其实是多方决策的谨慎之举。

但是，所谓“传奇”，“奇”的故事才更容易“传”。从文学传播的角度来讲，众人决策的说法显然不如诸葛亮驻马的故事那么富有戏剧性和易于流传。再加上《三国演义》盛行之后，诸葛亮被塑造成“有夺天地造化之法，鬼神不测之术”的高人，把“定都秣陵”的重要决策加在这么一位半人半神的人物形象上，更加符合人们的情感诉求。

所以，无论“钟山龙盘，石头虎踞”的褒扬之辞是否出自诸葛亮，这个传说都使南京建城史翻开了浓墨重彩的一页，也使得后来的所有建功立业、刀光剑影都蒙上了一层神秘而瑰丽的色彩，而建于石头山的石头城便承载起别样的历史韵味。有王气护体，这座城池立即有了雄浑的色彩；而失了王气，又有无数遗憾慨叹，一系列诗文从此而出。

论王气，这种虚无缥缈的力量确实曾在南京发挥过不可言说的作用。孙权定都建业后，天下大势，三足鼎立，并开启了长达三百余年的六朝文化。许多诗歌记录下了这种盛况，如南朝诗人鲍照的《还都至三山望石头城诗》：

泉源安首流，川末澄远波。
晨光被水族，晓气歇林阿。
两江皎平迥，三山郁骈罗。
南帆望越峤，北榜指齐河。
关扃绕天邑，襟带抱尊华。
长城非壑崄，峻岨似荆芽。
攒楼贯白日，摛堞隐丹霞。
征夫喜观国，游子迟见家。
流连入京引，踯躅望乡歌。

弥前叹景促，逾近倦路多。

偕萃犹如兹，弘易将谓何。

此诗的特点在于“远望”，因为距离远，所在更能一览城与池的雄浑，发出“攒楼贯白日，摛堞隐丹霞”的感慨。再如宋代马之纯的《石头城》一诗：

几年闻说石头城，初谓坚牢似削成。

只是一拳如卓望，初非四面有楼棚。

依山最好防车骑，举眼保防瞰贼营。

为问区区徒自守，何如席卷向宸京。

不过，这一类作品并不是石头城相关诗歌的主流。王气失去之后的石头城，才是文人墨客偏爱的对象。

论亡国诸因，历来种种，不一而足。一个帝国的覆灭是综合因素的结果，早在城池破碎之前便有诸多因兆，可以一追数年。但最终国家亡在谁的手上，又因哪个事件而起，仍是需要讨论的问题。所以，我们要先从孙吴的亡国之君孙皓说起。

近年来，历史人物去“脸谱化”的趋势明显，所以很多人们印象中的昏君、暴君都呈现出了一些复杂的甚至柔软的面貌。孙皓也是如此，虽然是众所周知的粗暴骄蛮的君主，但在其早期施政之时，还有俭朴行政、体恤人民的一面。只是好景不长，随着孙皓大兴土木伤财、残害忠良伤臣、横征暴敛伤民之后，孙吴渐渐呈现出覆灭之象。

具体的亡国过程不再赘述，单论孙皓投降的一幕，充满着戏剧性。其解衣露体，用草绳把自己的双手捆于背后，以一种卑微的姿态，口含象征着王权的玉璧投降。这种归降的“仪式”保全了孙皓的性命，却给石头城的历史蒙上了一层屈辱。

这种屈辱感催生了一系列相关作品，前文提及的刘禹锡《西塞山怀古》是其中最著名的一首。白居易曾点评《西塞山怀古》，认为这首诗已经足够好了，以后没什么可写的了。但其实并非如此，关于石头城的哀歌层出不穷。如唐代李群玉的《石头城》又发此声：

伯业随流水，寒芜上古城。
长空横海色，断岸落潮声。
八极悲扶拄，五湖来止倾。
东南天子气，扫地入函京。

又如唐代罗隐的《春日登上元石头故城》所云：

万里伤心极目春，东南王气只逡巡。
野花相笑落满地，山鸟自惊啼傍人。
谩道城池须险阻，可知豪杰亦埃尘。
太平寺主惟轻薄，却把三公与贼臣。

这些诗文或叹或怒，或怨或悲，值得揣摩。

二、当人与城相遇：石头城与市民生活

不过，单从“王气”二字来解读石头城这一意象，又未免显得偏颇。石头城首先是作为一座城而存在的，它是建筑，是赖以生存的屏障，也是物质与精神世界的地理界

限。果戈理说：“当歌曲和传说都保持缄默的时候，还有建筑在说话。”石头城就是这样贯穿在南京人记忆里的、能够说话的建筑。作为一道城防工事，它虽然失去了原本的功能，却早已写在了城市记忆里，成为地域文明进程的一部分。

1. 世俗生活

城池圈定了一个有界限的范围，它规范了人们的生活轨迹，也塑造了人们的生活特征。石头城自建城以来，就在不断影响着世俗生活。

首先，石头城可游。南朝诗人、佛学家、旅行家谢灵运就曾游于此，并创作《初发石首城》。南朝文学家鲍照也在此作《还都至三山望石头城诗》，极尽华美之辞藻描绘此地盛况。作为政治中心和军事中心的石头城，也同时是建于山峦江河之上的重要建筑群，是襟带景观的重要地点。到明代，石头城已经不再是城池主体，但依旧发挥着可观可游的作用。明代陶安《应制次韵石城秦淮二首》（其一）云：“石头城，与云平。朝见紫霞结，暮见明月生。城边年年春信早，御沟涨暖垂杨青。”

其次，石头城可居。诸多城门都在聚集之地，形成了以城为骨骼的居住效应。如宋代苏泂的《金陵杂兴二百首》（其九二）：“雨花台下百花香，驻马坡前百草长。若还谷熟人民乐，依旧风流好建康。”俨然一派农耕丰足的生活场景。

不仅如此，石头城还是交通的节点。李白《答裴侍御先行至石头驿以书见招期月满泛洞庭》云：“君至石头驿，寄书黄鹤楼。开缄识远意，速此南行舟。”以石头城为书信出发的起点，去往远处，前途茫茫，也别有一番情怀。而除了石头驿之外，石头城还建有渡口石头津，石头津沟通影响了著名的长干里，从而衍生出了更多的诗词经典。

2. 宗教生活

北宋时期，石头山更名为清凉山，此后这一名称以及山上著名的清凉寺延续至今。“南朝四百八十寺，多少楼台烟雨中。”佛学的大盛曾使南京成为佛教文化中心，清凉山也因佛名远播而名声大噪。许多佛诗、问佛故事都自此传开，形成了一个清凉寺为核心的佛学体系，尤其在佛法大盛的南唐时期，佳话不断。

其中有个传说不能不提，那就是“解铃还需系铃人”。据说南唐时期石城清凉禅寺有一位高僧，曾住持此寺，人称“清凉文益”，他广受赞誉、门人众多。有一天，文益问众僧人：“虎项下金铃，何人解得？”当时没人答得上来，只有一位被称为泰钦的禅师回答：“系者解得。”后来这位泰钦禅师在清凉大道场聚讲佛法，也有很大的影响力。

宋代以后，清凉寺的香火依旧昌盛，但留在此处的诗文故事已经超脱出佛法，而转向历史思考和怀古忆旧了。如南宋诗人刘克庄曾作《清凉寺》一诗：“塔庙当年甲一方，千层金碧万缁郎。开山佛已成胡鬼，住院僧犹说李王。遗像有尘龛坏壁，断碑无首立斜阳。惟应驻马坡头月，曾见金舆夜纳凉。”该诗虽然以清凉寺这一佛学意象为主体，但也以“断碑”“驻马坡”等怀古意象入诗，与早期单纯讲究禅韵的诗歌已有不同。王潜斋曾有诗云：“谁知佛祖安禅地，曾是君王避暑宫。”曾极诗中也讲道：“鸣鞘响断苑墙平，敲戛惟闻风玉声。三百年间陵谷变，寒潮不到石头城。”

佛诗不仅存在于“来此地题诗”，还存在于与高僧长老的交流。苏轼就与清凉寺长老感情甚笃，曾作《赠清凉寺和长老》一诗：“代北初辞没马尘，江南来见卧云人。问禅不契前三语，施佛空留丈六身。老去山林徒梦想，雨馀钟鼓更清新。会须一洗黄茅瘴，未用深藏白氎巾。”诗中细节描述颇多，很有意趣。后来苏轼又作《次旧韵赠清凉长老》，这次的诗句更富有想象：“过淮入洛地多尘，举扇西风欲污人。但怪云山不改色，岂知江月解分身。安心有道年颜好，遇物无情句法新。送我长芦舟一叶，笑看雪浪满衣巾。”其中的“芦舟一叶”化用了达摩祖师“一苇渡江”的典故，而这个典故恰恰与南朝梁时的建康城很有渊源，因为当时的达摩祖师恰好是与梁武帝一言不合而乘芦舟过长江而去。在这首诗里，清凉寺与建康文化得到了一次有机的融合。

宋代诗人杨杰也曾居留于此，并写下《因舟次秦淮寄清凉长老》一诗。元代诗人萨都剌也曾与清凉寺长老交往，并以诗记录与寺中老友的交游。可见，石头城圈定的范围内，不仅世俗生活热闹，也深受佛教文化的熏陶。石头城这一意象在出世与入世之间，显得更加丰富了。

三、埋于地下的温度：六朝建康城与金陵城

明代以前，南京曾先后是孙吴、东晋、南朝、南唐七个朝代的都城所在。孙吴时期，城名为建业城；东晋、南朝时期，城名为建康城；南唐时期，城名为金陵城。这些都城的位置虽有不同，但存在基本的承续关系，虽然现在几乎不存或覆于地下，但它们的发展演变、形制规模构成了南京明代城墙的基础。

以六朝建康城为例，其时已经有宫城、都城、外郭三重城垣，并与周边多个小城形成拱卫屏障之势，在当时属于相当完善的军事防御体系。后来的南唐金陵城也曾一时繁荣，秦淮河两岸集市兴隆，商贾云集。但是，单就诗歌地位来说，建康城、金陵城似乎都不能与“石头城”相比。这种现象似乎只有意象学的特点才能解释。

“客观形象与主观心灵融合成的带有某种意蕴与情调的东西”才是意象。要想成为意象，不仅要丰富客观形

象，更要强调与主观心灵之间的联系。例如香车宝马内的一位富家少女，就远不如荒村细溪边的浣纱妇人更能引发诗人心灵的共鸣和创作的意愿，也正如《琵琶行》中技艺超群的琵琶女恰恰是在年老色衰、落魄失意之后，才能把自己的身世说得令“江州司马”哭湿了衣裳。意象对心灵的激发与现实世界是存在一定悖论的，但也正因如此，诗歌与意象才更加迷人。

弄清这一点之后，让我们再将目光聚集于建业城、建康城与金陵城上来。虽然从诗词地位来说，后两者远不如有“石头城”之称的建业城，但在后世流传的诗歌当中，如果细细剖析则会发现，诗中的石头城其实并不仅指当初建于石头城的那一隅城墙，而是已经扩大到了南京多个朝代所筑的城墙。由于每个王朝都有跌宕的命运和复杂的悲欢，所以石头城这个意象在历代城墙筑与覆的过程中不断被丰富，成为日益成熟的吟咏对象。从这一角度来说，今天我们所讲的石头城，既是石头城也不是石头城，它是一个从石头城开端而起，凝聚了南京历代筑城史的混合意象，也是南京文化根脉的一个复杂因素和力量发端。

诗词链接

还都至三山望石头城诗

〔南朝〕鲍照

泉源安首流，川末澄远波。
晨光被水族，晓气歇林阿。
两江皎平迥，三山郁骈罗。
南帆望越峤，北榜指齐河。
关扃绕天邑，襟带抱尊华。
长城非壑崄，峻岨似荆芽。
攒楼贯白日，摛堞隐丹霞。
征夫喜观国，游子迟见家。
流连入京引，踯躅望乡歌。
弥前叹景促，逾近倦路多。
偕萃犹如兹，弘易将谓何。

[简介]

鲍照（414—466），字明远，祖籍东海（治所在今山东郯城西南）。南朝宋诗人，与颜延之、谢灵运合称“元嘉三大家”。鲍诗气骨雄健，词采华茂，发展了七言诗的创作，对唐人有较大影响，著有《鲍参军集》。

金陵城西楼月下吟

〔唐〕李白

金陵夜寂凉风发，独上高楼望吴越。
白云映水摇空城，白露垂珠滴秋月。
月下沉吟久不归，古来相接眼中稀。
解道澄江净如练，令人长忆谢玄晖。

登瓦官阁

〔唐〕李白

晨登瓦官阁，极眺金陵城。
钟山对北户，淮水入南荣。
漫漫雨花落，嘈嘈天乐鸣。
两廊振法鼓，四角吟风筝。
杳出霄汉上，仰攀日月行。
山空霸气灭，地古寒阴生。
寥廓云海晚，苍茫宫观平。
门馀阊阖字，楼识凤凰名。
雷作百山动，神扶万栱倾。
灵光何足贵？长此镇吴京。

江畔老人愁

〔唐〕崔颢

江南年少十八九，乘舟欲渡青溪口。
青溪口边一老翁，鬓眉皓白已衰朽。
自言家代仕梁陈，垂朱拖紫三十人。
两朝出将复入相，五世叠鼓乘朱轮。
父兄三叶皆尚主，子女四代为妃嫔。
南山赐田接御苑，北宫甲第连紫宸。
直言荣华未休歇，不觉山崩海将竭。
兵戈乱入建康城，烟火连烧未央阙。
衣冠士子陷锋刃，良将名臣尽埋没。
山川改易失市朝，衢路纵横填白骨。
老人此时尚少年，脱身走得投海边。

罢兵岁馀未敢出，去乡三载方来旋。
蓬蒿忘却五城宅，草木不识青谿田。
虽然得归到乡土，零丁贫贱长辛苦。
采樵屡入历阳山，刘稻常过新林浦。
少年欲知老人岁，岂知今年一百五。
君今少壮我已衰，我昔少年君不睹。
人生贵贱各有时，莫见羸老相轻欺。
感君相问为君说，说罢不觉令人悲。

[简介]

崔颢（704—754），汴州（今河南开封）人，原籍博陵安平（今河北省衡水市安平县）。唐朝著名诗人，其作品激昂豪放，气势宏伟。最为人称道的是《黄鹤楼》，曾使李白叹服。据说李白为之搁笔，曾有“眼前有景道不得，崔颢题诗在上头”的赞叹。

送王司马赴润州

〔唐〕郎士元

暂屈文为吏，聊将禄代耕。
金陵且不远，山水复多名。
楚塞因高出，寒潮入夜生。
离心逐春草，直到建康城。

[简介]

郎士元（生卒年不详，一说727—780？），字君胄，中山（今河北定县）人。唐代诗人。天宝十五载（756）登进士第。安史之乱中，避难江南。宝应元年（762）补渭南尉，历任拾遗、补阙、校书等职，官至郢州刺史。郎士元与钱起齐名，世称“钱郎”。二人诗名甚盛，当时有“前有沈宋，后有钱郎”（高仲武《中兴间气集》）之说。

石头城①

〔唐〕刘禹锡

山围故国周遭在，潮打空城寂寞回。
淮水东边旧时月，夜深还过女墙②来。

[注释]

①石头城：六朝时期的著名遗迹。周显王三十六年（楚威王七年，前333），楚威王熊商在南京石头山建金陵邑。东汉建安十六年（211），孙权迁都至秣陵（今南京），第二年在石头山金陵邑原址筑城，取名石头城，位于现南京清凉山一带。

②女墙：即矮墙。《释名·释宫室》云："城上垣，曰埤堄……亦曰女墙，言其卑小比之于城。"

石头城

〔唐〕李群玉

伯业[1]随流水，寒芜上古城。
长空横海色，断岸落潮声。
八极悲扶拄，五湖来止倾。
东南天子气，扫地入函京。

[简介]

李群玉（808—862），字文山，澧州（今湖南澧县）人。唐代诗人，《湖南通志·李群玉传》称其诗“诗笔妍丽，才力遒健”。唐宣宗曾“遍览”其诗，称赞“所进诗歌，异常高雅”，并赐以“锦彩器物”，“授弘文馆校书郎”。

[注释]

①伯业：即霸业。

春日登上元石头故城

〔唐〕罗隐

万里伤心极目春，东南王气只逡巡。
野花相笑落满地，山鸟自惊啼傍人。
谩道城池须险阻，可知豪杰亦埃尘。
太平寺主惟轻薄，却把三公与贼臣。

[简介]

罗隐（833—909），原名横，字昭谏，自号江东生，浙江新城（今杭州富阳区新登镇）人。唐代文学家、诗人。著有《罗昭谏集》。

上元是唐上元年间废昇州后对金陵的称谓。本诗表达了诗人晚年登临石头城，面对王气已去的石头故城发出的感慨之情。

临江仙·庭院深深深几许

〔宋〕李清照

欧阳公作《蝶恋花》，有“深深深几许”之句，予酷爱之。用其语作“庭院深深”数阕，其声即旧《临江仙》也。

庭院深深深几许？云窗雾阁常扃。柳梢梅萼渐分明。春归秣陵树，人老建康城。

感月吟风多少事，如今老去无成。谁怜憔悴更凋零。试灯无意思，踏雪没心情。

[简介]

李清照（1084—1155），号易安居士，齐州章丘（今山东章丘）人。宋代女词人，婉约词派代表，有“千古第一才女”之称。李清照出身于书香门第，早期生活优裕，其父李格非藏书甚富，她小时候就在良好的家庭环境中打下文学基础。出嫁后与丈夫赵明诚共同致力于书画金石的搜集整理。金兵入据中原时，她流寓南方，境遇孤苦。所作词前期多写悠闲生活，后期多悲叹身世，情调感伤。形式上善用白描手法，独辟蹊径，语言清丽。论词强调协律，崇尚典雅，提出词“别是一家”之说，反对以作诗文之法作词。能诗，留存不多，部分篇章感时咏史，情辞慷慨，与其词风不同。有《易安居士文集》《易安词》，已散佚。后人有《漱玉词》辑本。今有《李清照集校注》。

石头城

〔宋〕马之纯

几年闻说石头城，初谓坚牢似削成。
只是一拳如卓望，初非四面有楼棚。
依山最好防车骑，举眼保防瞰贼营。
为问区区徒自守，何如席卷向宸京。

[简介]

马之纯（1144—？），字师文，号茂陵，学者称野亭先生，婺州东阳（今浙江金华）人。南宋孝宗、宁宗时期著名学者、诗人、经学家。著有《金陵百咏》《尚书中庸论语说》《周礼随解》《左传类编》《纪事编年》等。

金陵杂兴二百首（其八）

〔宋〕苏泂

城西二里楚金陵，吴帝名为石首城[1]。
如今土坞无青草，笑杀当时所必争。

[简介]

苏泂（1170—？），字召叟，越州山阴（今浙江绍兴）人。对金陵名胜兴趣深厚，约1219年入金陵留守幕府，著有《冷然斋集》《金陵杂兴》。

[注释]

①石首城：即石头城。

念奴娇·登石头城次东坡韵

〔元〕萨都剌

石头城上，望天低吴楚[1]，眼空无物。指点六朝形胜地，惟有青山如壁。蔽日旌旗，连云樯橹，白骨纷如雪。一江南北，消磨多少豪杰。

寂寞避暑离宫，东风辇路，芳草年年发。落日无人松径里，鬼火高低明灭。歌舞尊前，繁华镜里，暗换青青发。伤心千古，秦淮一片明月！

[简介]

萨都剌（约1272—1355），字天赐，号直斋。其先世为西域人，出生于雁门。元代著名诗人、画家，著有《雁门集》。

[注释]

①天低吴楚：金陵地处东南，吴头楚尾，登高看更觉低平之意。

乌夜啼

〔明〕郭奎

石头城上乌，遥夜鸣相呼。
紫清道士有两树，乌啼不离树高处。
千声哑哑复万声，中堂酒阑梦未成。
呼童把烛起开户，照树惟恐邻人惊。
庭前再拜为尔说，我家旧住长淮北。
慈亲已老反哺违，零落犹为异乡客。
严霜满天江月辉，东方未白群星稀。
明朝日出当早飞，莫使涕泪沾裳衣。

[简介]

郭奎（？—1364），字子章，巢县人。著有《望云集》五卷，《四库总目》传于世。

往平原别高彬

〔明〕孙蕡

银壶绿酒沾春宴，环佩朝回奉天殿。
平生不作儿女悲，独向高彬泪如霰。
高彬昔年桑梓雄，好贤乃有古人风。
东林诗社静来结，北海酒樽长不空。
朅来弓剑已萧索，短发如丝犹好客。
塞上葡萄火齐红，宣州梨子鹅儿白。
沉绵不独重相知，文采今还胜昔时。
小楼焚香每读《易》，净几把笔常题诗。
今晨我作平原别，高彬不意情欲绝。
芙蓉香冷不堪赠，杨柳枝黄未宜折。
龙湾江口石城头，一幅蒲帆万里秋。
暮云红树傥相忆，应有音书慰别愁。

金陵城南宴

〔明〕区大相

逸客东山至，佳人南国多。
袖翻金谷舞，梁绕石城歌。
妆阁宜春入，花蹊爱晚过。
留欢方待月，无遽动鸣珂。

[简介]

区大相（1549—1616），字用孺，号海目，广东高明（今佛山市高明区阮埇村）人。为文有奇气，援笔数千言。万历元年（1573）与兄区大枢举于乡，十七年（1589）与弟区大伦同中进士。官翰林检讨，同修国史，经筵展书，历赞善、中允，掌制诰，居词垣十五年。万历三十三年（1605），区大相调任南太仆丞。在任三年，称病回乡。居乡八年，万历四十四年（1616）病逝。著有《区太史诗集》《区太史诗集》《图南集》《濠上集》《制诰馆课杂文》等。工于诗，诗律板严，铸必炼，为明代岭南诗家之最。

故宫行

〔明〕夏完淳

朝登建康城，暮宿丹阳道。
黄尘落日大江流，紫陌微寒故宫草。
故宫烟雨动新愁，华屋参差成古丘。
当时罗绮三千户，何处莺花十二楼？
六代繁华如在眼，真龙不动河山转。
春光缥缈景阳宫，月色徘徊芳乐苑。
细雨深宫花落迟，轻风合殿香飘远。
花香十里到平康，莫愁歌舞冶游郎。
侠少尽骑青络马，交游争系紫罗囊。
鸳鸯两两芙蓉沼，鹦鹉双双玳瑁梁。
一朝景物如反掌，富贵风流竟长往。
玄武池边暮雨来，朱雀门前春草长。

美女琵琶塞上行，绮构云连空复情。
行人夜雨乌衣巷，归雁秋风白下城。
登临千载空回首，陈井梁宫竟谁有！
游鹿争衔上苑花，流莺自啭台城柳。
台城下接孝陵西，无限枝头乌夜啼。
杨花风起过江去，薄暮如烟满大堤。

[简介]

夏完淳（1631—1647），号小隐，又号灵首。明末诗人，少年英雄。“五岁知五经，七岁能诗文”，十四岁随父抗清。兵败被俘后不屈而死，年仅十七。其爱国之举曾被郭沫若写进历史剧《南冠草》。柳亚子曾诗赞：“悲歌慷慨千秋血，文采风流一世宗。”

石城歌

〔清〕爱新觉罗·弘历

依岩捍江据地利，建置缅怀吴大帝①。
舟师风利不得停，一片降帆遂由出。
宋吞齐并相割争，石城几阅凡与荆。
袁粲虽死固未死，褚渊俨生何谓生。
省方偶此经层巘，百雉埤堄②犹完善。
孝陵缔构想当年，金川门③开瞥转眼。
风雨中，晦明宛，右顾兴悲应不免。
吁嗟德险守鉴兹，及其守兹则已晚。

[简介]

本诗为乾隆皇帝游兴江宁时的怀古之作。

[注释]

①吴大帝：指孙权。

②埤堄：城上呈凹凸形而有射孔的矮墙，泛指城墙、围墙。

③金川门：南京明城墙十三座内城门之一。

石头城

〔清〕爱新觉罗·弘历

建安徙治已成城，石壁曾经几战争。
周颛戴渊①均往事，底缘袁桀独传名。

[注释]

①周颛、戴渊：均为东晋名士，王敦之乱中俱被杀害。

第二节
王权的缩影：明城初建势巍巍

南京建城史可追溯至公元前472年，越王勾践筑越城于长干里，开启了南京筑城史的篇章。公元前333年，楚威王欲以长江天堑为屏障，图谋天下，遂于石头山建金陵邑城。之后，三国时期的孙吴在此建都，东晋及南朝宋、齐、梁、陈亦定都此地。

我们今天所见到的南京城墙，大多是朱元璋修建的明代城墙。朱元璋江山甫定，采纳了谏臣朱升“高筑墙，广积粮，缓称王”的建议，着手修筑城墙。南京明城墙以历代城墙为基础，依山水之势而建，形成了从内到外由宫城、皇城、京城、外郭四重城垣构成的城墙体系，成为世界第一大城垣。利玛窦曾言：“论秀丽和雄壮，这座城市超过世上所有其他城市。”时至今日，南京明城墙的京城城墙依旧有25.091千米遗存，恢宏壮丽，堪称奇观。

虽然如今城墙已经失去了原本的防卫功能，南京城市的发展规模也已远远超出城墙所圈定的范围，但城墙带给世人的历史价值和审美震撼历久弥新，无论是从宏观还是微观、以今时还是来日的目光审视南京城墙，都是一幅隽永的史诗。

一、宏观城墙：天地神人的筑城理念

南京城墙作为都城城墙，其筑城理念主要体现在城墙形制及皇宫选址两大方面，时至今日依旧是专家学者研究探索的重要议题。总体来说，南京城墙的筑城特色体现在三个字上：圈、弯、偏。

蜿蜒（谷昌旺　摄）

圈，指四重城垣。明初的南京城墙是由宫城、皇城、京城和外郭四圈构成，形制上是“大圈圈里套中圈圈，中圈圈里套小圈圈，小圈圈里套皇圈圈”。正是这四个“圈”，套出了南京城市的基本规模。最核心的部分就是宫城，又称大内、紫禁城，是皇帝起居、理朝政之所。与如今的北京故宫相似，呈长方形，并有护城河环绕，称为“御河”，今天的南京市区依旧有御河公园的存在。宫城外的一重称为皇城，即从内向外的第二个圈，圈住了中央行政机构和宗庙，是封建统治的中枢位置。第三个圈即京城，也就是今天遗存的南京城墙的前身。这一重城墙是最具有考据及历史研究价值的，也是传统堪舆学极致发挥的产物。这道城墙“东连钟山，西据石城，南阻长干，北带后湖”，沿线共开辟了13座城门，蔚为壮观。最后一个圈则为外郭，是1390年后朱元璋为固城防而补修的城墙。

弯，指南京城墙的形状，尤其是现存的京城城墙的形状。按照“天圆地方”的传统理念，都城城墙往往修筑成方形，以示规矩与威严。但南京城墙不同，其形状很不规整，非方非圆，难描难画。俯瞰南京城墙，颇像一个从西北朝向东南的葫芦，又像一个瓶子。关于南京城墙的形状，诞生了许多传说，颇有意趣的是前些年提出的“朱元璋脸型说”，认为城墙的形状有点像以貌丑著称的朱元璋的侧脸。这种说法固然有戏剧性，但在君权神授的严肃语境下，显然是难以成立的。这些说法给南京城墙的筑城史增添了严肃之余的活泼与传奇。无论持哪一种论调，不可否认的是，南京城墙巧妙地结合了自然的屏障和历史的遗存，将玄武湖、钟山等自然元素有机地融合于城墙本体中，依山势，借水利，是人与自然相结合的典范。

偏，指南京城墙皇城的选址。历来皇城以居中为主，这种选址既结合了“天下之中”的政治考虑，也顾及皇城保卫安全问题。然而，南京城墙的皇城位置居然偏于城垣东部一隅，而且地势低洼，背后甚至有一片湖水。这种选址与中国传统的都城建造理念是完全相悖的。据说当时皇城的选址是由朱元璋的几位大臣共同占卜而出，并得到了皇帝的首肯。不过到了洪武中后期，选址低洼带来的不良后果也渐渐凸显出来，成为无法弥补的缺憾。

宏观来看，圈、弯、偏三字基本概括了南京城墙形制的特殊之处，这种特殊并非君主的一时起意，而是反映了极为鲜明的筑城理念。弯曲如星斗的城墙，是对“天”的崇敬；结合山水之势筑墙，是对“地”的依恋；以占卜确定皇城选址，是对“神”的敬畏；以四重城垣规划整个南京城市，则是对人类活动的具体考量。

可以说，宏观的南京城墙正是“天地神人”理念的重要体现，也是值得后人不断研究和探索的宏大范本。

二、微观城墙：城砖铭文的世事沧桑

历史上对朱元璋的评价褒贬不一，这里不做赘述，唯一要提到的是他对贪官的深恶痛绝。在修筑南京城墙时，朱元璋极为担心污吏庸官会在城砖及筑城材料上偷工减料、中饱私囊，损害城墙坚固程度，于是创造性地下达了一道命令：要求每一块城砖上都烧制出与此块城砖相关的责任人，其中涉及府、州、县、总甲、甲首、小甲和制砖人夫、窑匠等多个层级。一旦城墙出现坍塌或城砖不合格，便可以通过砖文直接追究责任到人，并予以严刑。

明确的追究制度，使得在全国多地烧制的大量城砖均以极高的质量完成，并带着清晰的铭文统一送到南京。正是在这种责任制的监督之下，南京城墙才会巍然屹立650余年；也正是在这种责任制的催生之下，今天我们走上南京城墙，能够在青灰色的城砖上读到那些穿越历史而来的砖文，并品读其独一无二、无与伦比的艺术特色。

丰富多样，蔚为壮观，这是南京城砖铭文最重要的特点。南京城砖以黏土砖、沙土砖、瓷土砖三种类型为主，由于烧制量大，因此铭文表现手法以模印和戳印为主，少量刻画。材料质地不同，印文方式也不同，呈现出形式多样的城砖铭文。除此之外，铭文的内容也不尽相同，既有

历史的见证（王澄琳 摄）

最中规中矩的记名砖，层层记录了城砖的负责人；也有以纪年为主的纪年砖，如“洪武元年”砖；还有一些富有文化艺术价值的符号砖和吉祥语砖，如“万万年”砖等，寄托了人民对太平盛世、安居乐业的期望。

存疑颇多，富有神秘色彩，这也是城砖铭文的魅力所在。修筑城墙的原始资料大量佚失，加上城砖本身的磨损，现存的砖文出现了许多疑团。如层层记录负责人时，似乎缺失了一级，以及出现特殊符号和不明来源的独立数字等，这些砖文都如同一个个镌刻于城砖的密码，有待后人去解读。

而我们，作为普通登览城墙的游客，更多是被这种微观的艺术体验所震撼。当落日余霞映于城垣之上，砖缝中萌发的绿草在金色晚风中飘摇，手指抚到冰冷城砖上那突起的砖文，辨识着那些已经远去的名字，内心总会涌起悠远的联想。每一个刻下的名字都代表着曾经鲜活的生命，每一块城砖的背后都记录着平凡而不为人知的故事。无数块城砖堆砌起的南京城墙如同一部厚重的历史书，每走一步都是阅读，每落一眸都是铭记。

诗词链接

过玄武湖

〔明〕储巏

北山飞翠凝吾杯，舟人举棹相徘徊。
城隅捩舵踏冰入，船底轧轧闻春雷。
霜风吹衣衣欲裂，湖天泱漭疑飞雪。
司空劝饮夕郎酬，始觉微酣生颊热。
中流咫尺冰尽开，沙禽水鸟忘惊猜。
新洲昨夜梅花发，暗香偏逐诗人来。
湖波为带城为被，册府图书真得地。
堪笑前朝建此都，只将山水供游戏。
钟山龙蟠几百里，下有龙宫藏剑履。

山中老树尽成龙，夜夜飞来饮湖水。
湖波直与银河通，背城一派垂晴虹。
柏梯高寒石梁迴，十洲三岛神仙宫。
长堤隐隐湖心路，堤上行人日来去。
春风杨柳夏芙蕖，换尽年华颜色故。
世间万事如云烟，湖光山渌只依然。
不及湖中鱼与鸟，涵泳恩波今百年。

[简介]

储巏（生卒年不详），字静夫，号柴墟。成化二十年（1484）进士，授南京吏部主事，著有《柴墟集》。

本诗是赞颂明代开国百年升平气象之作，也间接交代了玄武湖与明城墙的关系。玄武湖是南京明城墙护城河体系的重要组成部分，正所谓“湖波为带城为被”，是南京城墙依山水之势而建的有力佐证。

拆皇城

〔清〕马寿龄

虎踞龙盘势飞舞，灵气乃钟明太祖。
皇城既建又迁燕，三百余年总安堵。
我朝定鼎移驻防，保障东南作门户。
可恨庸臣自养虎，二百十年变焦土。
贼来营造无巨砖，拆城作城众人苦。
老人城上摇，旋向城下抛；
女人城里抬，旋向城外挑；
老人一失足，翻身身必坏；
女人一失手，触头头必碎。
皇城崔嵬入云际，蹂躏经年便平地。
潇潇雨打十三陵，石马无情尚流泪。

[简介]

马寿龄（生卒年不详），字鹤船，采石人。清朝廪生，工诗文，著有《青山馆诗文集》等。

本诗选自马寿龄《金陵癸甲新乐府》五十首。

金陵纪事

趁凉六月绕城攻，城角灯光一点红。
雉堞焚香遥见火，雁行排炮忽愁风。
助威擂鼓雷霆比，督战吹螺晓夜同。
俱是掳来乌合众，偏知分用出雌雄。

[简介]

本诗是《金陵纪事》律诗十三首之一，摘自《太平天国史料丛编简辑》第二册，作者阙名。

第三节
让岁月为城加冕：今天，我们因城而荣

城墙是不动的，但历史是不断前进的，古老的城墙与日新月异的城市发展必然会产生碰撞冲突，也必然会相互影响和逐步磨合。这一点在南京城墙身上体现得格外突出。从拆城、守城，到今天的以城为荣，在经历了一段艰辛的探索之路后，南京城也成为古老遗产与现代文明共生融合的缩影。

一、城墙是枷锁还是财富：老城墙与新生活的冲突

与清代的战火洗礼相比，20世纪的城市化进程对南京城墙的命运似乎是更大的挑战。人口密度的增加，社会经济的发展，交通工具的改进与急剧增加，都使古老明城墙所划定的区域、限定的道路显得不合时宜。20世纪初，已经有将城墙改建为环城大道的城市规划，这一规划涉及

“拆城”的大动作。当古老的明城墙与亟待发展的城市生活发生冲突时，到底哪一方应该妥协？

这时有一股微弱但坚定的声音——要“保城”！当拆除南京城墙的风声传出后，正在上海任教的徐悲鸿立刻发出电报，称南京明城墙为“美术上历史上胜迹”，请求保留。徐悲鸿在《对南京拆城的感想》中说：“南京之为国都，在世界各都会上占如何地位，我不敢知。我所知南京之骄视世界者，则自台城至太平门，沿后湖二千丈一段之Promenade（散步场地），虽巴黎之Champs-Elysees（香榭丽舍）不能专美。因其寥廓旷远，雄峻伟丽，据古城俯瞰远眺，有非人力所计拟及者。”

如果说徐悲鸿是从艺术的、历史的角度来看待城墙的保护问题，那么美国建筑师亨利·墨菲就是从实用性的角度，讨论了老城墙与新生活共存的可能性。墨菲提出：“近代战具日精，城垣已失防御之作用，利用之以为环城大道，实是适宜……该城垣由海陵门南行、经南门东至通济门一部，城面宽度，几尽可筑为行驶两行汽车之道路。”也就是说，墨菲认为城墙虽然失去了城防功能，但凭借其雄伟的体态和坚固的基础，可以转型成为交通要道。在城墙上开汽车，这个想法在今天看来有些天马行空，但在当时的实用主义背景下确是保障城墙免遭拆除的好方法。

当时，城墙如果想要被保留，一定要“有用”，这似乎有点悲哀。所幸后来城墙上并没有跑起汽车。1934年，南京警备司令谷正伦提出《关于南京城防建议案》，将南京城墙作为防御工事的重点，列入城防计划，城墙作为城防的一部分，终于得以保留。

尽管如此，在这段时间内，城墙已经遭到了部分破坏，大量城砖被取作他用。这是历史给南京城墙留下的不可磨灭的痕迹。

二、重组记忆与文明的拼命：城墙与城市的融合

尽管不能自我言说和辩解，但南京城墙确实在某种程度上不断适应着城市生活。民国时期，市政部门根据城市交通的需求，陆续开辟了海陵门、中华东门、中华西门、武定门、汉中门、新民门、中央门、雨花门等，其中多座城门在今天依旧沿用并发挥着重要作用。

新中国成立后，南京城墙一度发挥了重要的城防作用。20世纪60年代末，出于国防建设需要，南京城墙内部修建了大规模的人防工事，时至今日还多有留存，可以见到“深挖洞，广积粮，不称霸”“提高警惕，保卫祖国”“团结起来，争取更大的胜利”“备战、备荒，为人民”等标语，成为那段历史时期的特殊见证。有趣的是，这些防空洞在和平年代也没有“闲着”，20世纪80年代不少市民百姓在防空洞中堆放杂物，甚至将防空洞当作种植场所。虽然这些行为对城墙的安全造成影响，但不得不说，作为城防工事的城墙已经越来越世俗化，以各种形态融入了城市生活。

三、古老又鲜活，神秘又新近：老城墙焕发活力

由于各种历史原因，南京城墙的管理曾一度处于“失控”状态，城墙上杂树丛生，顶面防排水系统遭到破坏，墙体膨胀、开裂、剥落甚至坍塌。改革开放后，政府逐年投入资金，对南京城墙长期进行维修和环境整治，加大对城墙本体的保护修缮与周边环境整治力度，全面推进城墙

的申遗及保护利用。经过南京人民近四十年的努力，古老的城墙正焕发出新的活力。

2014年2月，南京城墙保护管理中心正式成立，这是新中国成立以来首个对南京城墙进行归口管理的机构，基本结束了南京城墙长期以来无人管理或多头管理的局面。中心未成立之前，南京城墙仅开放中华门、台城、阅江楼三个点共计2公里城墙，如今则基本实现了京城城墙的全线开放。

南京城墙内部的多个空间，也被赋予了新的生机和活力。近年来，有关部门以“书香满城”助力南京“文学之都”建设，吸引社会力量先后打造解放门台城书房、武定门青春书店等十处全民阅读空间，每年举办数十场活动，有效塑造了城市的文学气质。

为拉近南京城墙与市民的距离，把古老历史中的“明城墙”转化为现代生活中的“民城墙”，近年来有关部门以城墙为载体，举办了“南京城墙全球华语诗词创作大赛”、“南京历史文化名城博览会”、“城墙之美，世界看见”国际摄影大赛等具有国际影响力的活动，同时举办了“城门挂春联、南京开门红”“三十六丈城墙跑”“正月十六爬城头”“城墙樱花节”等市民喜闻乐见的民俗文体活动。其中“城门挂春联、南京开门红”活动连续举办八年，已成为南京的新年俗、南京市民春节的新期待。

南京城墙博物馆——这一国内最大的城墙类专题博物馆于2021年底正式落成。该博物馆位于中华门瓮城东侧，外观汲取了中华门瓮城马道和城台的元素，整体建筑与不远处的古老城墙相映相衬，形成虚实对比、历史与当代交相辉映的效果。南京城墙博物馆的建成，不仅对展示南京明城墙有重要意义，而且对“中国明清城墙”联合申报世界文化遗产也有助力。作为一个展示遗产价值的窗口，南京城墙博物馆不仅是公众全方位了解城墙历史与现状的平台，也成为古老金陵城的旅游文化新地标。

诗文链接

道光咸丰内地骚乱纪实（节选）

〔清〕江星畲　杨少棠

金陵乃明太祖建都之地，势如虎踞龙盘，固若金汤，城廓宏大，地亘百里，雄伟坚固，扼长江之险要。贼徒据此要地，坚壁深垒，拥兵固守，急切颇难攻破。向军帅虽称忠勇，但骚乱遍及各地，且不能集诸省兵勇合力征讨，故金陵克服之期实难预卜。

[简介]

江星畲、杨少棠，王氏十二家船主，生平不详。

《道光咸丰内地骚乱纪实》现收录为日本版，本书转载的是何培忠翻译的中文版。文章出自日本东洋文库所藏《清商书简寄集》。《嘉永明治年间录》卷三（古书保存书屋出版，日本国会图书馆藏）中也有收录。本文翔实地记录了道光、咸丰年间内地骚乱情况，文末提及贼徒（太平天国军）据于南京城中，且南京城墙“雄伟坚固”“扼长江之险要”“坚壁深垒”，清军一时间难以攻克。

无题（节选）

鲁迅

大江日夜向东流，聚义群雄又远游。
六代绮罗成旧梦，石头城上月如钩。

［简介］

鲁迅（1881—1936），原名周樟寿，后改名周树人，字豫山，后改豫才，浙江绍兴人。著名文学家、思想家，五四新文化运动的重要参与者，中国现代文学的奠基人。对五四运动以后的中国社会思想文化发展具有重大影响，蜚声世界文坛，尤其在韩国、日本思想文化领域有极其重要的地位和影响，被誉为“二十世纪东亚文化地图上占最大领土的作家”。

近代以来，南京城墙虽然城防功能有所下降，但在人们心中仍是一道坚固的“防线”，时时在爱国诗歌中闪现。

小粉桥日记

陶晶孙

从后架上看，可以看见人家的围墙，围墙之砖大概由洋人筑成金陵大学，成这房屋之前，或许是滚在地上的罢。总之，这个大砖是明朝的，大砖本来是泥，泥被窑而为美好艺术品，工人把它筑成宫邸或城门，可是它不久即灭亡了，后来者把它拆而改筑什么了。这再被破坏了，或许成为细民之小屋同困苦过罢，或许成为后宫之壁罢，或许成为番卒门卫罢，然后它被异教之徒来集成为大厦之地下室，成为太平天国之叠，或者成为革命之城了。南京之兴亡只有这一块大砖在知道，他还不敢把一块一块大砖之铭字调查，他悲人力之不足，他念这些大砖要比解剖学者之人骨搜集还有价值。

他爱这些砖头，比官邸的古瓷更有价值，走上街上，见一切大砖，他吊着这些大砖。

[简介]

陶晶孙（1894—1952），江苏无锡人，小说家，笔名晶明馆主。著有散文集《牛骨集》等。

本文提到了许多从围墙上拆下来的城砖，被人改筑成其他东西，疑与民国拆城运动相关。这些城砖被陶晶孙视为宝贵的艺术品。从前后文推断来看，疑似为南京城墙城砖。

游新都后的感想（节选）

袁昌英

走上伟大雄壮的台城，我们的视野却顿然更变了形象。这里有的是寂静！是荒凉！是壮观！人们许是畏忌梁武帝的幽魂来缠绕的缘故吧，都不肯来与这夺魄惊心的古城相接近。然而我们民族精神的伟大更在何处这样块然流露在宇宙之间呢？喔！我们的脚踏着的是什么？岂不是千千万万、万万千千、无数量的砖石所砌成的城墙吗？试问这砖石哪一块不是人的汗血造成的？试问这绵延不断，横亘于天地间的大城，哪一寸哪一步，不是人的精血堆成的？脚，轻点放步吧，我们祖宗的血汗，你应当尊敬爱惜些。心，你只管震颤，将你激昂慷慨的节奏，来鼓醒，来追和千百年中曾在这里剧烈颤动过的心的节奏。性灵，至少在这一瞬之中，你应

当与你以往的千万同胞共祝一觞不朽的生命。他们已经染指过了他们瞬息中生存的甘苦。你现在正在咀嚼着。——苦吗？甜吗？我哪里敢代你说出来。你是最害羞、最胆怯、最不肯将你的真实暴露给人的。我如果替你说出来，你一定要老羞成怒地对付我啊！——你以后更有继承者。继承者之后再又有继承者。在这无始无终、无边无际的时间中，你们各个的生命虽然明日黄花，然而合起来在这伟迹上及其他不朽的事业上你们都可得着共同的永生！清风是美酒，白光是金杯，只管尽量地多饮几杯！

[简介]

袁昌英（1897—1973），字兰子、兰紫，湖南醴陵人。女作家、学者。著有《山居散墨》《行年四十》等散文集，《法兰西文学》等论著。散文《游新都后的感想》，与朱自清、俞平伯的同题散文《桨声灯影里的秦淮河》被文坛誉为“鼎足而三”。

金陵怀古

朱偰

几度兴亡泪未收，南朝旧迹驻貔貅。
长江日夜东流水，不尽寒潮咽石头。

[简介]

朱偰（1907—1968），浙江海盐人，中国著名经济学家和历史学家，曾任中央大学、南京大学教授，江苏省文化局副局长，江苏省文物管理委员会副主任等职务。

朱偰是保护明城墙的先驱人物。20世纪50年代中期，南京明城墙遭大规模拆毁，朱偰大胆向有关部门提出意见，加以制止，勇敢地保护了明城墙，却也因此被打成“右派”。“文化大革命”爆发后，朱偰遭受更大的迫害，于1968年含冤而死。

第三章

城边

小景与诗文小品

第一节
清凉山：古刹石城里，一片清凉色

一、有仙则灵：清凉山与清凉寺

石头城是因石头山而得名的，先有山名后有城名。而清凉山则是因清凉寺而得名的，先有寺名后有山名。南唐时期，石头山上建起清凉寺，北宋时期又迁来清凉广惠寺，寺的影响力越来越大，石头山由此更名为清凉山。

古之清凉山与今之清凉山的范围略有不同，但基本位置没有太大的变化。袁枚在《随园记》里写道，“金陵自北门桥西行二里，得小仓山，山自清凉胚胎，分两岭而下，尽桥而止。蜿蜒狭长，中有清池水田，俗号干河沿。河未干时，清凉山为南唐避暑所，盛可想也”，基本描绘了清凉山的风貌。

山不在高，有仙则灵。清凉山不算高，但因历史悠久、古迹众多而颇有灵性。我们今天看到的崇正书院、扫叶楼等都在清凉山的范围内，乌龙潭位于清凉山麓，南京城墙清凉门段建造在清凉山西南部高低起伏的山崖上。不过，清凉山最负盛名的还是清凉寺，禅寺给这座并不算高的山峰带来了别样的韵味。李白在《同族侄评事黯游昌禅师山池二首》（其一）里这样写道："远公爱康乐，为我开禅关。萧然松石下，何异清凉山。花将色不染，水与心俱闲。一坐度小劫，观空天地间。"可见在唐代时，清凉山就已经是禅山的典范与标杆。

清凉山的佛学盛名流传甚远，与清凉山相关的赞佛诗、礼佛诗更是不胜其数。清代雍正帝诚心礼佛，也曾写过《清凉纪游》一十四首，其中《过清凉山诸寺》云："祇林几处隐松关，门带寒溪碧玉湾。历叩花宫寻白足，遍登香阁看青山。无尘觉地猿能定，不系神心云共闲。一片清凉苍翠色，家家分得满窗间。"

除礼佛诗外，与清凉寺相关的各类诗歌也层出不穷，其中颇多佳篇。如明代黄省曾《登清凉山》云："古刹石城里，逶迤丹磴攀。殿悬秋霭树，江吐夕阳山。法食供游馔，林杯悦旅颜。无劳支遁马，碧草步人还。"有山有寺，情景交融。又如明代李东阳《登清凉寺后台》有云：“虎踞关高鹫岭尊，四山环绕万家村。城中一览无余地，象外空传不二门。人世百年同俯仰，江流中古此乾坤。南都胜概今如许，归与长安父老论。”虽登清凉台，但怀的是石头城之古，体现了清凉山清凉寺与石头城历史变迁的密切关联。

与清凉寺相伴的，还有一处命运传奇的小景——翠微亭。南唐建都金陵后，在设立清凉禅寺的同时，又在山上修造避暑行宫及翠微亭。历史上以“翠微”为名的亭有很多，如杭州西子湖畔飞来峰半山腰的翠微亭、北京香山公园内的翠微亭、为纪念岳飞而在池州设建的翠微亭等。与这些名亭相比，隐于禅山之中的南京清凉山翠微亭反倒不那么出色，也不易引起注意。不过，在历代诗词当中，关于此亭有不少美丽描述。如北宋时，隐士林和靖到金陵游历，就留下了一首非常美丽的《翠微亭》诗：“亭在江干寺，清凉更翠微。秋阶响松子，雨壁上苔衣。”

翠微亭到南宋初期不复存在，至绍熙年间得以复建，但复建的亭并不能再现当初的盛景，因此时人评价：“景大而亭小，不可以纵目而骋怀；景四面而亭一面，不可以总观而并览。”可以说是一项失败的复建工程吧。到了淳祐九年（1249），翠微亭又被扩建了一次，并成为当时清凉山的名景之一。

名景名亭总会被历史一再提起，也会被历史一再遗忘。翠微亭后来几经修复又几经兵燹，最终遗址完全被毁。关于翠微亭的美丽，只能在“长干古寺经行了，为到清凉看翠微”等诗句里追忆了。

其实，翠微亭被毁，既有历史的偶然也有时运的必然。翠微亭只能作为赏景之处而存在于清凉山之间，形毁则神也毁，难以被代代追忆。与之相对的崇正书院、扫叶楼等，因为有文人学者、大家之气的加持，更易在时光的流转里生存下来，历久弥新。

这里不能不提到扫叶楼的主人龚贤。龚贤定居清凉山一带，与南京明城墙有密切关联。据传龚贤喜静，起初定居在中华门外的长干里。正如前文所说，这是个因渡口商贸而繁华热闹的地方，却使龚贤很是烦闷，发出“俗客来多应接难”的牢骚。而这一时期，清凉门已经被封闭，往来交通以石城门为主，所以清凉山骤然冷清，正合了龚贤的心意。于是龚贤就搬到了这处清凉所在，还作了《庄居》一诗来表达自己对新生活的满意："日落土城西，烟生四野迷。免冠看归犊，植杖数栖鸡。门照空场白，塘包短树齐。酒来香出瓮，蔬果问山妻。"

龚贤从中华门搬到清凉门，一方面体现了诗人本人落落难合的性格特质，另一方面也折射出以南京城墙为代表的范围广阔、气质多样的城市表征。如果想住在城门附近，既可选热闹的长干里，看看红男绿女、市井烟火，也可以选择荒僻山门，感受"只有樵山渔水客，瓦瓶提酒扣紫扉"的隐静。

龚贤定居清凉山后，时常登临城墙怀古，佳作不断，大量提及石头城，其中颇有代表性的有《登石头城》："开尽桃花冷似秋，晚风吹我上城头。齐梁梦醒啼鹃在，吴楚地连江水流。千古恩仇看短剑，一生勋业付霜舟。东南西北无安宅，谁道王孙不可留。"龚贤除了自己登城外，也带朋友一起在清凉山一带逛逛，他在《与费密登清凉台》中写道："与尔倾杯酒，闲登山上台。台高出城

金秋已深叶始黄（潘小强 摄）

阙，一望大江开。日入牛羊下，天空鸿雁来。寓之在何处，满地是苍苔。”这首诗后来被郭沫若题于傅抱石的画作上。送客时，龚贤也不忘以石头城和石头津入诗，表达留恋悲怆之情：“送君衔泪别，去住各无家。城下寒流断，津头孤棹余。”怎一个痛字了得？

定居清凉山，傍住石头城，对龚贤的艺术创作有巨大的影响。这种影响不仅体现在诗作中，也体现在画作里。古城、青山、禅寺、好友，共同塑造了一个独一无二的龚贤。而存于清凉山的扫叶楼也成为这一文坛盛事的物质纪念。现在的扫叶楼经过修复，成为“龚贤纪念馆”。

二、拨开疑云的驻马坡

在前文中我们曾提及：诸葛亮驻马石头城一事难辨真假，甚至大概率为假。但即便是假，南京市民也早已经把这一传说“硬”要下来，把诸葛亮的金玉良言作为夸耀家乡时的底气。

诸葛亮是否到过石头城、是否说过“虎踞龙盘”的话，目前已经很难搞清楚。许多流传千古的故事往往经不起历史的推敲，它们在传播过程中构成了一套自洽的逻辑与道德准则，可以脱离事实而存在。与诸葛亮当年是否驻马孙吴相比，更重要的是驻马坡有没有活在人们的心里，有没有成为市民游客津津乐道的谈资。

所以，历来文人墨客到访石头城都不免想到这段佳话，驻马坡的诗文也就常见于纸端。如宋代罗必元的《驻马坡》：“一登伟观眇山河，下有将军驻马坡。不是胸中兵十万，长江天险误人多。”再如宋代叶辉的《驻马坡》：“将军气势溢江河，跃马曾来驻此坡。坡下石头城最险，屯兵正自不消多。”又明代陶安《石头城》有云：“铁壁巉岩阨要冲，古来设险大江东。半天虎踞山如旧，万壑鲸吞地更雄。上国控临吴楚郡，西藩环护帝王宫。当年驻马坡前望，想见金陵气郁葱。”

这些诗文都对驻马坡的故事持“宁信其有”的态度。但也有知道此事也许不实，并以此为前提撰文的，比如清代韩弼元在《金陵诸葛武侯祠迎神送神词》序中写道，“侯之神无所不在，侯之祀即无地不宜，固不必其果驻马于此而后可祀也”，意思是无论诸葛武侯到底有没有来过这儿，他的精神无所不在，所以在此地纪念武侯完全没问题。这也表达了一种对历史传说的豁达心态。

直到今天，人们仍可见清凉山的山坡上有艺术大师刘海粟书写的“驻马坡”三个大字，“驻马坡”石刻旁建有驻马亭，在东门建有诸葛亮出使孙吴的大型石刻浮雕。2022年1月，南京清凉山景区落成诸葛亮铜像，该铜像由著名雕塑大师吴为山设计，并配有观景台。这都表明了驻马坡在南京市民心中的地位，这种地位与人们对这座城市的热爱关系重大。

诗文链接

同族侄评事黯游昌禅师山池二首（其一）

〔唐〕李白

远公爱康乐，为我开禅关。
萧然松石下，何异清凉山。
花将色不染，水与心俱闲。
一坐度小劫，观空天地间。

[简介]

本诗所写并非南京清凉山，但诗人在描写心中禅山时以清凉山作比，可见清凉山当时的地位。

翠微亭

〔宋〕林逋

亭在江干寺，清凉更翠微。
秋阶响松子，雨壁上苔衣。

送大方师归金陵

〔宋〕林逋

渺渺江天白鸟飞，石城秋色送僧归。
长干古寺经行了，为到清凉看翠微。

驻马坡

〔宋〕叶辉

将军气势溢江河，跃马曾来驻此坡。
坡下石头城最险，屯兵正自不消多。

[简介]

叶辉（生卒年不详），宋徽宗宣和三年（1121）以从政郎知建德县。

清凉寺竹

〔宋〕罗必元

清凉世界竹如云，旧日君王爱此君。
时代改迁龙变化，荒山啼鸟不堪闻。

[简介]

罗必元（1175—1265），字亨父，号北谷，隆兴府进贤（今南昌进贤）人。嘉定十年（1217）进士，官至朝奉大夫、直宝章阁。

驻马坡

〔宋〕罗必元

一登伟观眇山河，下有将军驻马坡。
不是胸中兵十万，长江天险误人多。

石头城

〔明〕陶安

铁壁巉岩阨要冲，古来设险大江东。
半天虎踞山如旧，万壑鲸吞地更雄。
上国控临吴楚郡，西藩环护帝王宫。
当年驻马坡前望，想见金陵气郁葱。

[简介]

陶安（1315—1368），字主敬，当涂（今属安徽）人。元末明初文人，对明朝建立之初的典章制度建设贡献颇大。生前著述甚多，有《周易集粹》《辞达类钞》《姚江类钞》《知新稿》《陶学士集》等。

诗人在本诗中显然对驻马坡传说深信不疑，并借此景抒发对新王朝的热切期待之情。

登清凉寺后台

〔明〕李东阳

虎踞关高鹭岭尊，四山环绕万家村。
城中一览无余地，象外空传不二门。
人世百年同俯仰，江流中古此乾坤。
南都胜概今如许，归与长安父老论。

[简介]

李东阳（1447—1516），字宾之，号西涯，谥文正，长沙府茶陵州（今湖南茶陵）人。明代中后期茶陵派的核心人物，诗人、书法家、政治家，著有《南行稿》《北上录》等。

登清凉山

〔明〕黄省曾

古刹石城里，逶迤丹磴攀。
殿悬秋霭树，江吐夕阳山。
法食供游馔，林杯悦旅颜。
无劳支遁马，碧草步人还。

[简介]

黄省曾（1490—1540），字勉之，号五岳山人。吴县（今江苏苏州）人，明代学者，《明儒学案》记其“少好古文，解通《尔雅》”。

庄居

〔清〕龚贤

日落土城西，烟生四野迷。
免冠看归犊，植杖数栖鸡。
门照空场白，塘包短树齐。
酒来香出瓮，蔬果问山妻。

[简介]

龚贤（1618—1689），又名岂贤，字半千、半亩，号野遗，又号柴丈人、钟山野老，江苏昆山人。明末清初著名画家，金陵八大家之一。明末战乱时外出漂泊流离，居南京清凉山，卖画课徒，生活清苦。与同时活跃于金陵地区的画家樊圻、高岑、邹喆、吴宏、叶欣、胡慥、谢荪等并称“金陵八家”，与清初著名诗书画家吕潜（号半隐）并称“天下二半”。

登石头城

〔清〕龚贤

开尽桃花冷似秋，晚风吹我上城头。
齐梁梦醒啼鹃在，吴楚地连江水流。
千古恩仇看短剑，一生勋业付霜舟。
东南西北无安宅，谁道王孙不可留。

与费密登清凉台

〔清〕龚贤

与尔倾杯酒，闲登山上台。
台高出城阙，一望大江开。
日入牛羊下，天空鸿雁来。
寓之在何处，满地是苍苔。

清凉纪游一十四首・过清凉山诸寺

〔清〕爱新觉罗・胤禛

祇林几处隐松关，门带寒溪碧玉湾。
历叩花宫寻白足，遍登香阁看青山。
无尘觉地猿能定，不系神心云共闲。
一片清凉苍翠色，家家分得满窗间。

[简介]

爱新觉罗・胤禛（1678—1735），清朝第五位皇帝，入关以后第三位皇帝。年号“雍正”。自幼喜读佛典，广交僧衲，在佛学方面大量著书立说，对佛教领域产生了重大的影响。

随园记

〔清〕袁枚

金陵自北门桥西行二里，得小仓山，山自清凉胚胎，分两岭而下，尽桥而止。蜿蜒狭长，中有清池水田，俗号干河沿。河未干时，清凉山为南唐避暑所，盛可想也。凡称金陵之胜者，南曰雨花台，西南曰莫愁湖，北曰钟山，东曰冶城，东北曰孝陵，曰鸡鸣寺。登小仓山，诸景隆然上浮。凡江湖之大，云烟之变，非山之所有者，皆山之所有也。

[简介]

袁枚（1716—1798），字子才，号简斋，晚年自号仓山居士、随园主人、随园老人。浙江钱塘（今浙江杭州）人，清朝诗人、散文家、文学批评家和美食家。袁枚倡导“性灵说”，主张诗文审美创作应该抒写性灵，要写出诗人的个性，表现其个人生活遭际中的真情实感，与赵翼、蒋士铨合称为“乾嘉三大家”（或江右三大家），又与赵翼、张问陶并称“性灵派三大家”，为“清代骈文八大家”之一。

袁枚曾辞官隐居于南京小仓山随园，去世后葬在南京百步坡，世称“随园先生”，并留有《小仓山房文集》《随园诗话》《随园诗话补遗》《随园食单》等。

诸葛武侯①驻马坡

〔清〕陈文述

在石头城。相传武侯至吴，驻此以观形胜，谓“钟山龙蟠，石城虎踞”即此。在今龙蟠里北、收兵桥东。又，镇淮桥东北军师巷有武侯祠。《江表传》云：刘备之东，宿于秣陵，周视地形，劝权都之，则昭烈亦尝至其地也。

石头城上翠孱颜②，虎踞龙蟠在此间。
形胜旧传三国志，风云长护六朝山。
登高感慨谁知己，揽辔③澄清亦等闲。
天遣艰难定西蜀，峨嵋万里隔秦关。

[简介]

陈文述（1771—1843），号云伯，浙江钱塘（今浙江杭州）人。清代诗人。嘉庆五年（1800）举人，著有《碧城仙馆诗钞》《秣陵集》等。

本诗为咏史诗，以“驻马坡”为吟咏对象，展开了对三国英豪、志士仁人的怀想。

[注释]

①武侯：指诸葛亮，诸葛亮死后追谥为忠武侯。

②孱颜：巉岩。

③揽辔：辔指驾驭物品的嚼子和缰绳。《后汉书·范滂传》有云：“登车揽辔，慨然有澄清天下之志。”

翠微亭

〔清〕张之洞

明光曳地来，长如一匹练。
不登石头城，几疑天堑①诞。
丘垤②齐敛避，形势顿涌现。
是日积雨晴，千里无阴暗。
夕阳生金采，青绿染郊甸。
尺树藏百村，片岚连数县。
南北交映发，不为洲渚间。
姑熟及朱方③，左右一顾盼。
保大虽孱王④，此亭江表⑤冠。
凉风扫盛暑，夜夜金舆玩。
霸图偶起灭，山川长绚烂。
穷蛙食井泥，安有超世见？
欲揽大瀛环，凌虚思羽翰。
江神傲河伯，醯鸡⑥两足叹。
远略我所乏，老朽颇自厌。
登高或能赋，含毫⑦穷汗漫。

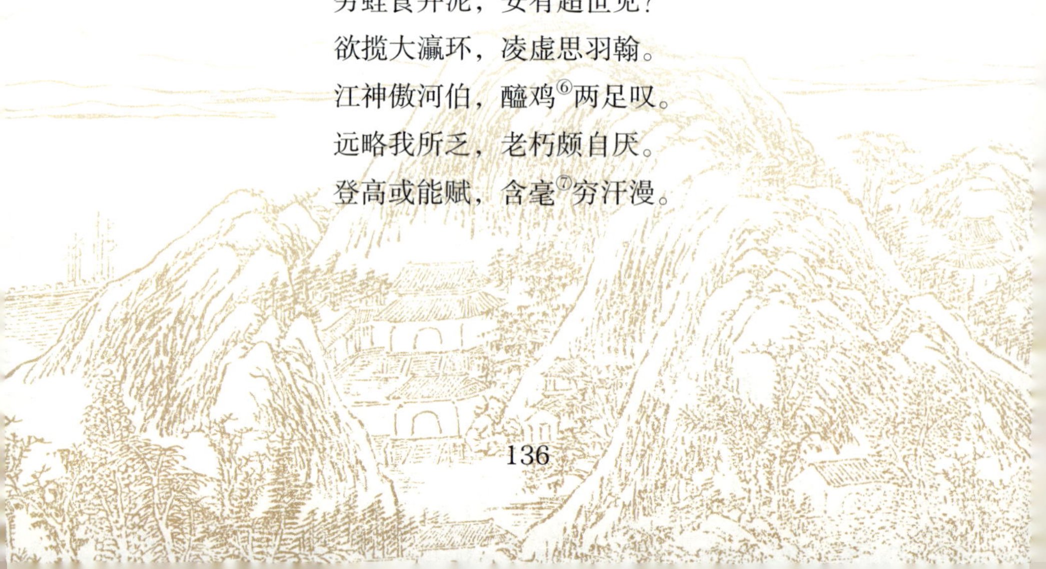

[简介]

张之洞（1837—1909），字孝达，号香涛，原籍直隶南皮（今属河北）。清代洋务派代表人物，与曾国藩、李鸿章、左宗棠并称晚清“四大名臣”。

本诗选自宣统二年刊本《张文襄公诗集》卷四。作者自注：翠微亭“即南唐暑风亭”。亭在南京清凉山上，原为南唐帝王避暑之处。诗人登亭眺望，由眼前浩瀚苍茫的景象，联想到南唐怯弱的君主，又想到井蛙观天之可悲，流露出一种进取图强的意识。

[注释]

①天堑：指天然的沟壑。旧时称长江为天堑。

②丘垤：山丘。

③朱方：地名，今江苏丹徒地，在南京城东。

④孱王：懦弱的君王。

⑤江表：指长江以南地区。

⑥醯鸡：小虫名，即蠛蠓。

⑦含毫：挥笔。

第二节
石头有津，延绵长干：石头津与长干里

自古以来，“城”与“池”是分不开的。城池一词表明城与水的密切关系，这种关系既体现在防御上，也体现在百姓的日常生活里。由此，我们要提及石头城下的石头津与随之繁华的长干里。

一、石头津

津，指的是渡口，是重要的交通节点。六朝时期，石头津作为都城的渡口，既担负着交通口岸的作用，也成为税关的所在地。当时的建康城，“西有石头津，东有方山津（埭）”，石头津作为最重要的口岸，管理着长江上下游的船只，不可谓不重要。到了隋唐时期，南京不再发挥都城作用，石头津更多体现的是市井贸易功能。渡口越来越富有生活色彩，也越来越被寄予忆念和想象。如唐代张九龄的《候使登石头驿楼作》写道：“山槛凭南望，川

途眇北流。远林天翠合，前浦日华浮。万井缘津渚，千艘咽渡头。渔商多末事，耕稼少良畴。”这里的渡头就是石头津。

二、长干里

以水为媒，石头津的影响远不止石头城一带，而是通过水系蔓延到了长干里、横塘等地。横塘在今水西门到中华门一带的秦淮河两岸，长干里位于秦淮河南岸与雨花台之间，横塘与长干里是相衔接的，所以唐代崔颢的《长干曲》提及“君家何处住，妾住在横塘”，而“君”与“妾”同是“长干人”。这也就基本交代了横塘与长干里的地理关系。

因为石头津聚集了大量的商船，它们可以顺流直下，去往长干里一带，所以成就了长干里与横塘兴盛的手工业和商业。而天下熙熙皆为利来，商业发展自然就带动了繁华热闹的居民区。人多了，故事也就多了，因此在长干里和横塘，留下了无数动人的诗篇，其中最著名的要数李白的《长干行》（其一）：

妾发初覆额，折花门前剧。
郎骑竹马来，绕床弄青梅。
同居长干里，两小无嫌猜。
十四为君妇，羞颜未尝开。
低头向暗壁，千唤不一回。
十五始展眉，愿同尘与灰。
常存抱柱信，岂上望夫台。
十六君远行，瞿塘滟滪堆。
五月不可触，猿声天上哀。
门前迟行迹，一一生绿苔。
苔深不能扫，落叶秋风早。
八月蝴蝶来，双飞西园草。
感此伤妾心，坐愁红颜老。
早晚下三巴，预将书报家。
相迎不道远，直至长风沙。

其中的“青梅竹马”“两小无猜”等成语构成了中国传统文化的特殊语境之一，《长干行》可以说是诗词当中的翘楚之作。其实唐代描写长干里的诗词佳作众多，不过诗仙提笔之后，盖过了其他作品的锋芒。

长干里是石头津的商业缩影，所以长干里的兴衰也反映了石头津的起起落落。到了元明之际，长江逐渐西移，石头津失去了沿江良港的地理优势，也影响到了长干里的繁华。到了清代，描写长干里的诗歌已经另有一番清静的风味，如朱彝尊的《卖花声·雨花台》：

衰柳白门湾，潮打城还。小长干接大长干。歌板酒旗零落尽，剩有渔竿。

秋草六朝寒，花雨空坛。更无人处一凭阑。燕子斜阳来又去，如此江山。

长干里仿佛一曲落幕后的空台，怀着无限历史的遐思与韵味，留在了诗词卷上。

诗词链接

候使登石头驿楼作（节选）

〔唐〕张九龄

山槛凭南望，川途眇北流。
远林天翠合，前浦日华浮。
万井缘津渚，千艘咽渡头。
渔商多末事，耕稼少良畴。

[简介]

张九龄（673—740），字子寿，号博物，韶州曲江（今广东韶关市）人。唐朝开元名相、政治家、文学家、诗人，积极发展五言古诗，诗风清淡，以素练质朴的语言，寄托深远的人生慨望，对扫除唐初所沿袭的六朝绮靡诗风贡献尤大。著有《曲江集》，被誉为“岭南第一人”。

长干曲四首

〔唐〕崔颢

君家何处住，妾住在横塘。
停舟暂借问，或恐是同乡。

家临九江水，来去九江侧。
同是长干人，生小不相识。

下渚多风浪，莲舟渐觉稀。
那能不相待，独自逆潮归。

三江潮水急，五湖风浪涌。
由来花性轻，莫畏莲舟重。

长干里

〔宋〕罗必元

山垄中间号曰干，此干长里盛衣冠。
想应王谢朝回后，日日行人看绣鞍。

长干行送陆仪曹重补南署

〔明〕皇甫汸

长干里，金铺夹兰卮[1]。
陵树苍苍控石城，淮流湜湜通江水。
廿年高卧东山庐，一朝更踏西京市。
马上耽游期不顾，缓辔微吟日将暮。
都人观者语道傍，白头何自始为郎。
莫恨汉家今用少，须看止辇拜冯唐。

[简介]

皇甫汸（1497—1582），字子循，号百泉、百泉子，斋名浩歌亭，长洲（今江苏苏州）人。明中期诗人。作品有《皇甫司勋集》《皇甫司勋庆历稿》《解颐诗话》等。

[注释]

①兰卮：台阶的美称。

寄广陵高子通徐伯可

〔明〕李时行

忆昔逢君客帝京，留连诗酒十年情。
看花并醉长干里，走马同过白下城。
春入吴宫芳草色，月明萧寺暮钟声。
别来迢递天南北，一望江湖感慨生。

[简介]

李时行（1514—1569），字少偕，因官至南京兵部车驾司主事，故又称为李驾部。广东番禺县人。著有《驾部集》《青霞漫稿》《云巢子》《天求子》《瘿愈子》，今多已失佚。

长干里

〔清〕郑燮

墙里开花墙外见，篱门半覆垂杨线。
门外春流一派清，青山立在门当面。
老子栽花百种多，清晨担卖下前坡。
三间古屋无儿女，换得鲜鱼供阿婆。
缫丝织绣家家事，金凤银龙供天子。
花样新添一线云，旧机不用西湖水。
机上男儿百巧民，单衫布褐不遮身。
中原百岁无争战，免荷干戈敢怨贫。

[简介]

郑燮（1693—1765），字克柔，号理庵，又号板桥，人称郑板桥、板桥先生。江苏兴化人，清代诗人、书画家，为“扬州八怪”之首。

越城

〔清〕陈文述

一样兴亡更可嗟，长干枯树噪啼鸦。
越台争似苏台好，杨柳年年扫落花。
如何谋楚计全非，战士还家空锦衣。
太息会稽山下路，春来唯有鹧鸪飞。
石室阴谋慨霸才，杜圻山色隐崔巍。
扁舟已泛烟波去，未必当年此筑台。

第三节
曾经六代竞豪华：今台城与古台城

在文化传播的过程中，有个有趣的现象，那就是俗称常比学名更脍炙人口，更广为流传。“台城”就是一例。

今天我们所说的台城，往往是指玄武湖一带明城墙的赘城。但在世俗生活中，百姓会扩大这一称呼的范围，把以解放门为中心的一段城墙都称为“台城段”“台城景区”。其实，历史上的台城大概率不在此处，而是另有所指，尤其在古诗词中多次出现的“台城”意象，更有另外一层意涵。

例如“无情最是台城柳”，熟悉城墙诗词的人都会脱口而出，实际上，这里的台城指的是六朝都城的核心部分，与我们今天看到的解放门段城墙并没有必然关联。但是，台城一词作为文化意象，从六朝迭传至今，已经成为南京城墙的重要组成部分。

一、台城到底在哪里

对于南京来说，“台城”一词主要指的是六朝时期遗存下来的城墙。唐代许嵩《建康实录》对台城下过这样的“定义”：“（成帝七年）冬十一月壬子朔……是月，新宫成，署曰建康宫，亦名显阳宫，开五门，南面二门，东西北各一门（案《图经》，即今之所谓台城也）。”可见，“台城”这个概念是被放置于整个宫城概念中的，是权力机构的一部分。“台”即中央政府，是以尚书台为主体，包括军职、中书、门下官员的一整套政府机构。所以，尚书台所在宫城被称为台城。①

从这个意义上看，六朝的台城很可能是一个围合的宫城，而我们今天所说的台城，却是一段线状的城墙，这说明历史上的台城与今天我们俗称的台城似乎有很大出入。那么，有没有可能现在的台城是六朝时期遗存台城改建而成的呢？南京城墙学者周源曾在其《南京赘城考》中，对“明初改建前代城墙说”进行了分析，认为明初改建六朝

① 郭湖生：《台城辩》，《文物》1999年第5期。

城墙主要有两种可能：一是改建六朝城墙北墙说，该说法的主要支持者是朱偰先生，但经过学者们的不懈努力，目前可以确知“故建康城北临玄武湖，显然有误。都城北界向南推移，应该更接近史实”，所以现俗称的台城基本不可能是明初改建的六朝城墙北墙。二是改建前代要塞营垒，这种观点的基础是台城考古过程中发现的“墙中墙”，但由于没有更确实的文献记载，所以也不足以为定论。

实际上，根据最新的考古发现，六朝时期的台城在今天大行宫一带，这进一步说明了此台城非彼台城。换言之，当我们走上台城城墙，欣赏着玄武湖的风景，感受着历史的微风，怀想着那些关于台城的动人诗句时，古人所描绘的台城与我们今天脚下的台城，可能相隔数里。

二、台城意象的基调

探究历史，我们应该采取科学的态度——是就是，不是就不是，不确定就是不确定。但对于诗词的传播来说，往往界限与态度都显得模糊。尽管现存的玄武湖南侧明城墙被误传为台城，但并没有阻碍人们对台城文化的热爱，对台城诗歌的怀想。所以从这一角度来说，台城就是台城，在其文化的传播中，可以不是某个具体的点位，而是一种象征、一种文化意象。

那么，台城到底是什么样的文化意象呢？恐怕是怎一个“悲”字了得。由于与六朝关系密切，台城无法成为光辉灿烂的意象，而是成为“后庭花”映衬下的亡国哀歌，起到警示、告诫的作用。一提到台城意象，就给人一种婉而讽、凄而怨的感受。

从刘禹锡《台城》、王士祯《台城怀古》这两首具有代表性的台城怀古诗可以看出，以台城为主要意象的诗歌已经形成了一种基本模式，那就是先通过台城回想起六朝曾经的繁华，再转看台城的荒烟蔓草，感慨王气的消沉、六朝的没落，从而心生悲叹怀古之情。

三、刘禹锡的诗歌与台城

好诗人往往一生流离，辗转各处，既见人见景，又见事见情，所以才有丰富的想象、丰沛的文思来支撑他们笔下丰满的世界。刘禹锡正是如此，观其一生，大部分时间都宦游在外，被放外任成为其生活的常态，而仕途流离也给了他诸多游览古迹、触发灵感的机会。其中，六朝古迹是刘禹锡最偏爱的，一是因为六朝足够离乱，有悲歌有故事，能够触发诗人落笔的激情；二是六朝人有丰富的精神生活，催生了许多风流轶事，与刘禹锡有精神契合之处。所以，唐代的刘禹锡反复寻找六朝旧事，以六朝往事叙说中唐现事，既复现六朝，又反思当下，在寻找精神支撑的同时，不断倾注着对历史的关注和对世人世事的关怀。

金陵作为六朝古都，三百多年间约四十位皇帝继位，灭亡与新生共存，荣耀与苦难夹杂，一边摧折一边成全，一面痛哭一面祝酒，这样的历史故地成为刘禹锡视野中最重要的观照对象。所以，在刘禹锡的六朝诗歌意象里，最重要、最突出的当数金陵遗迹。

那么，刘禹锡笔下有哪些金陵遗迹呢？这要从《罢和州游建康》说起。刘禹锡虽然青少年时期在江南度过，也曾宦游南京，但第一次有充足时间游玩南京还要在唐敬宗宝历二年（826）冬。当时刘禹锡已经被罢和州刺史，带着满腹的不如意和无处排解的苦闷来到南京，登上南朝旧寺。时逢秋日，正是“悲寂寥”之时，诗人对着凄清寒凉的景象，吟咏出这样的诗句：“秋水清无力，寒山暮多思。官闲不计程，遍上南朝寺。”初看是满满的自得，有“遍上南朝寺”的闲情雅致，但细一品思，秋水无力寒山多思，前途渺茫无望，才有这样的闲工夫把六朝遗存的古

雄伟的台城（胡大建 摄）

寺都跑一遍，也实在是无奈。此时的刘禹锡，看六朝，思自身，更多是把命运感慨寄托在六朝古迹上。

那么，是什么样的遗址遗迹催发了刘禹锡对六朝历史、家国天下更深的感慨呢？那就是台城了。在写作《罢和州游建康》后不久，刘禹锡作《台城怀古》一诗，将历史兴亡之感上升到了新的高度。且看这首经典之作："清江悠悠王气沉，六朝遗事何处寻。宫墙隐嶙围野泽，鹳鶂夜鸣秋色深。"开篇第一句，点醒了"王气沉"，奠定了全诗的基调，随后一句"六朝遗事何处寻"，更表明了作者描绘的对象，点明了六朝的衰亡。末两句最妙，既写破败的宫墙，又写无人的野泽，鸟雀一啼，秋天悲凉更甚。看似白描写景，又写出诗人满腹的凄怆。

台城怀古，奠定了刘禹锡六朝怀古的基调，也提升了其六朝诗歌的整体格调。可以说，台城诗歌因刘禹锡而生光，刘禹锡也因台城而成就自我。一座城，一段关于城的故事，一个擅长听故事讲故事的诗人，是历史赠予我们的礼物。

诗文链接

台城

〔唐〕韦庄

江雨霏霏江草齐，六朝如梦鸟空啼。
无情最是台城柳，依旧烟笼十里堤。

[简介]

韦庄（836? —910），字端己，长安杜陵（今陕西西安）人。唐、五代诗人、词人。早年屡试不第，年近六十方考取进士，任校书郎。著有长篇叙事诗《秦妇吟》、诗集《浣花集》等。

“无情最是台城柳”之句，已成今日咏台城之名句。

齐天乐·绿芜凋尽台城路

〔宋〕周邦彦

绿芜凋尽台城路，殊乡又逢秋晚。暮雨生寒，鸣蛩劝织，深阁时闻裁剪。云窗静掩。叹重拂罗茵，顿疏花簟。尚有綀囊，露萤清夜照书卷。

荆江留滞最久，故人相望处，离思何限。渭水西风，长安乱叶，空忆诗情宛转，凭高眺远。正玉液新笃，蟹螯初荐。醉倒山翁，但愁斜照敛。

[简介]

周邦彦（1057—1121），字美成，号清真居士，浙江钱塘（今浙江杭州）人，北宋著名词人。

因本词影响广泛，“台城路”亦成为词牌名之一。

台城

〔清〕爱新觉罗·弘历

崥岘寒城噪乱禽，台城遗迹半荒今。
舍身同泰无回志，揖盗东华可悔心。
帝释天龙难救济，青袍白马亦销沉。
慢訾鹭羽流王屋，广掖当年事欲寻。

鸡鸣寺

〔清〕张之洞

雨暗覆舟山，泉响鸡鸣埭。
埭流南湖水，僧住南朝寺。
当时造宫城，选北陵坷地。
朝市皆下临，江山充环卫。
白门游冶子，沓拖无生气。
心醉秦淮南，不踏钟山背。
一朝辟僧楼，雄秀发其秘。
城外湖皓白，湖外山苍翠。
南岸山如马，饮江驻鞍辔。
北岸山如屏，萦青与天际。
鹭洲沙出没，浦口塔标识。
烟中万楼台，渺若蚁蛭细。
亦有杜老忧，今朝豁蒙蔽。

[简介]

鸡鸣寺位于台城侧畔鸡笼山东麓的山阜上，是南京最古老的梵刹之一。历史可追溯至孙吴，明洪武二十年（1387）朱元璋重建，题额为“鸡鸣寺”。如今，鸡鸣寺与南京台城段城墙贯通借景，相映成趣。

台城路

冒广生

纕蘅道出秣陵，同登鸡鸣寺，赋此送其北行。

天津桥上匆匆别，襟前酒痕犹沍。我向江南，君留蓟北，万水千山云树。相望正苦，道一舸西湖，去寻诗侣。数遍归舟，江头日日唱迎汝。

鸡笼山雪四霁，故人来不速，携上高处。槛外台城，楼头幕府，值得才人词赋。残年倦旅，叹只送君行，不随君去。倘见陈樊，问新来健否？

[简介]

冒广生（1873—1959），字鹤亭，号疚斋，江苏如皋人。曾任中山大学教授、南京国史馆纂修、上海市文管会特约顾问，著有《小三吾亭诗文集》《疚斋词论》《冒鹤亭诗歌曲论著述》《四声钩陈》《蒙古源流年表》等。

南京印象（节选）

郭沫若

窗外是城墙，墙外是玄武湖，湖外陈列着紫金山。玄武湖里面有些洲岛，水上浮着一些荷叶，应当是风光明媚的地方，但不知怎的却没有引起我的美感。紫金山上，我嫌它缺少树木，假使经过长期的植林，把那个半裸体的三角锥掩复起来，或者会更美丽一些吧。

我们在观音阁的正前选了一张座席，品着茶，时而望望湖，时而望望山，时而谈谈时事。

子为告诉我：窗子外边，城墙内部的一段地带，就是梁武帝饿死处的台城。我想起了“无情最是台城柳，依旧烟笼十里堤”的两句古诗来，但却又没有看见有什么柳树。

[简介]

郭沫若（1892—1978），原名郭开贞，号尚武。四川乐山人。诗人、剧作家、历史学家、古文字学家。早年留学日本，曾任政务院副总理、中国科学院院长、中国科学技术大学校长、中国文联主席等。著有诗集《女神》《星空》《前茅》等，小说、剧作集《塔》《屈原》《棠棣之花》等。

窥窗山是画（节选）

张恨水

南京城里北一段，本是丘陵地带，东角由鸡鸣寺顺了玄武湖北上，经过太平门直到下关。西边又由挹江门南下，迤逦成了清凉山、小仓山。所以由新街口以北，是完全环抱在丘陵里的一块盆地。在中山北路来往的人，他们为了新建筑所迷惑，已不见这地形了。我有两个朋友住在新住宅区迤北，中山北路偏西，房子面对着清凉古道，北靠了清凉山的北麓，乃是建筑巨浪所未吞噬及未洋化的一角落，而又保留着六朝佳丽面目的。我去过几回，我羡慕他们，真能享受到南京的好处，只可惜它房子本身却也是欧化了而已。这里是个不高的土山，草木葱茏，须穿过木槿花作篱笆，鹅卵石地面的一条人行道。路外是小溪，是菜园，是竹林，随时可以

听到鸟叫，最妙的，就是他们家三面开窗，两面对远山，一面靠近山。近山的竹树和藤萝，把他们屋子都映绿了。远山却是不分晴雨，都隐约在面前树林上。那主人夸耀着说：“我屋子里不用挂山水画，而且是活的书，随时有云和月点缀了成别一种姿势。”这话实在也不假。我曾计划着苦卖二年的文字，在这里盖一所北平式的房屋，快活下半辈子，不想终于是一个梦。

[简介]

张恨水（1895—1967），原名张心远。安徽潜山人，鸳鸯蝴蝶派著名小说家。1936年寓居南京，创办《南京人报》，并在南京创作了《丹凤街》《秦淮世家》等多部优秀作品。张恨水对南京感情很深，对南京城墙也不吝赞美，通过他的散文、小说可见一斑。

秋意侵城北（节选）

张恨水

我必须歌颂南京城北，它空旷而萧疏，生定了是合于秋意的。过了鼓楼中山北路，两行半黄半绿的树影划破了广大的平畴，两旁有三三五五的整齐房屋，有三三五五的竹林，有三三五五的野塘，也有不成片段的菜圃和草地。东面一列城墙，围抱了旧台城鸡鸣寺，簇拥着一丛树林和一角鼓楼小影，偶然会有一声奇钟的响声，当空传来。钟山的高峰，远远在天脚下，俯瞰着这一片城池。在城里看到不多的山，这是江南少有的景致。（重庆的山近了，又太多了，不知怎么着，没有诗意。）城墙是大美观玩意儿，而台城这一段墙，却在外（后湖）看也好，在里看也好，难道我有一点偏见吗？

南京（节选）

朱自清

南京是值得留连的地方，虽然我只是来来去去，而且又都在夏天。也想夸说夸说，可惜知道的太少；现在所写的，只是一个旅行人的印象罢了。

逛南京像逛古董铺子，到处都有些时代侵蚀的遗痕。你可以摩挲，可以凭吊，可以悠然遐想；想到六朝的兴废，王谢的风流，秦淮的艳迹。这些也许只是老调子，不过经过自家一番体贴，便不同了。所以我劝你上鸡鸣寺去，最好选一个微雨天或月夜。在朦胧里，才酝酿着那一缕幽幽的古味。你坐在一排明窗的豁蒙楼上，吃一碗茶，看面前苍然蜿蜒着的台城。台城外明净荒寒的玄武湖就像大涤子的画。豁蒙楼一排窗子安排得最有心思，让你看得一点不多，一点不少。寺后有一口灌园的井，可不是那陈后主和张丽华躲在一堆儿的"胭脂井"。那口胭脂井不在路边，得破费点工夫寻觅。井栏也不在井上；要看，得老远地上明故宫遗址的古物保存所去。

从寺后的园地，拣着路上台城；没有垛子，真像平台一样。踏在茸茸的草上，说不出的静。夏天白昼有成群的黑蝴蝶，在微风里飞；这些黑蝴蝶上下旋转地飞，远看像一根粗的圆柱子。城上可以望南京的每一角。这时候若有个熟悉历代形势的人，给你指点，隋兵是从这角进来的，湘军是从那角进来的，你可以想象异样装束的队伍，打着异样的旗帜，拿着异样的武器，汹汹涌涌地进来，远远仿佛还有哭喊之声。假如你记得一些金陵怀古的诗词，趁这时候暗诵几回，也可印证印证，许更能领略作者当日的情思。

从前可以从台城爬出去，在玄武湖边；若是月夜，两三个人，两三个零落的影子，歪歪斜斜地挪移下去，够多好。现在可不成了，得出寺、下山，绕着大弯儿出城。七八年前，湖里几乎长满了苇子，一味地荒寒，虽有好月光，也不大能照到水上；船又窄，又小，又漏，教人逛着愁着。这几年大不同了，一出城，看见湖，就有烟水苍茫之意；船也大多了，有藤椅子可以躺着。水中岸上都光光的，亏得湖里有五个洲子点缀着，不然便一览无余了。这里的水是白的，又有波澜，俨然长江大河的气势，与西湖的静绿不同，最宜于看月，一片空蒙，无边无界。若在微醺之后，迎着小风，似睡非睡地躺在藤椅上，听着船底汩汩的波响与不知何方来的箫声，真会教你忘却身在哪里。五个洲子似乎都局促无可看，但长堤宛转相通，却值得走走。湖上的樱桃最出名。据说樱桃熟时，游人在树下现买，现摘，现吃，谈着笑着，多热闹的。

清凉山在一个角落里，似乎人迹不多。扫叶楼的安排与豁蒙楼相仿佛，但窗外的景象不同。这里是滴绿的山环抱着，山下一片滴绿的树；那绿色真是扑到人眉宇上来。若许我再用画来比，这怕像王石谷的手笔了。在豁蒙楼上不容易坐得久，你至少要上台城去看看。在扫叶楼上却不想走；窗外的光景好像满为这座楼而设，一上楼便什么都有了。夏天去确有一股“清凉”味。这里与豁蒙楼全有素面吃，又可口，又贱。

[简介]

朱自清（1898—1948），原名朱自华，号秋实，后改名自清，字佩弦。江苏扬州人。散文家、诗人、古典文学研究家。著有《毁灭》《踪迹》《背影》《欧游杂记》等。

《南京》一文选自1934年10月《中学生》第48号，初收于《你我》集（上海商务印书馆1936年版）。朱自清虽未曾在南京谋事长住，但他对南京情有独钟，多次畅游南京、描绘南京。朱自清在本文中，如向导一般，将自己心仪的南京名胜向读者娓娓道来，其中就包括南京城墙的台城段，台城城墙与鸡鸣寺、玄武湖相映成趣，令人回味悠长。

台城路

夏承焘

过江人物余钟阜，湖天向谁危坐？胜日清尊，浮生笑口，忍话昇州兵火。东篱败朵，倘会得悠然，看山犹可。一片斜阳，谁教哀角又吹破。

袖中远游章句，石城艇子曲，肠断难和。语鹤关河，听鹃声世，衮衮衣冠江左。青山笑我，甚酒阵歌围，来吟哀些。来日聊城，看谁飞一笴。

[简介]

夏承焘（1900—1986），诗人，词学家，历任西北大学、之江大学、杭州大学教授，中国科学院文学研究所研究员。著有《唐宋词人年谱》《唐宋词论丛》《夏承焘词集》。

豁蒙楼暮色（节选）

储安平

饭后在床上假寐，听窗外淅沥之歌。睡了三个钟头，犹未成眠。沉入于一切杂感之我，于是披了衣服起来，撑着雨伞走出寓所。常常在许多地方，会因为看见自己的形单影只而引起若干孤独之感的吧，但索兴抱着一种悠闲的心情，一个人在外面踱踱，倒又觉得无上高雅。怀着这样一种超然的心情，随便上崇山峻岭，江河大流，荒落坟郊，或士女错综的都市公园里，都能得到一种冲淡之趣。我向台城走去，沿路风雨交集，还疏疏落落夹些雪珠。这衰弱的身子不够这样的摧残吧，但也只有风雨的狂暴可以杀威我的伤时之感。城墙由东头的山腰里铺过来，从我的脚下再伸出去，一直到北头，十分严肃。玄武湖偎着城墙，若稍带一些书卷之气看来，俨然是横条一幅。村庄如睡，树木安静，湖水没有言语。纵然有雨点在逗，但在全景上，也仅仅因此加重一点灰色，如一个年轻的新寡，在严肃的城墙下，守着静穆，不敢叹息。

天十分惨淡，云是灰暗的，一层一层泛起，在远山之顶上厮摩着。紫金山一带都隐约地躲在迷雾里，仅仅看出一些轮廓。我十分喜悦这种情境。我喜悦山影在迷雾里，我喜悦月亮在迷雾里，我怕黑暗我爱薄暮。——我爱在薄暮里，像是消失了自己，像是还看见自己。

我在台城上这样闲散自在地走着。我俨然如天地万物之主，又俨然觉得天地万物间无我。既无我，也无我之叹息了吧。

[简介]

储安平（1909—1966？），江苏宜兴人，报人、政治家。1957年被定为“右派”，1966年失踪。曾任《光明日报》总编辑。早年参加过“新月派”，著有小说集《说谎集》等。

本文初刊于《新月》4卷7期，“新月派”诗人储安平于雨中黄昏前往豁蒙楼，登楼前曾赴南京城墙台城段，俯瞰雨中玄武湖，遥望苍茫紫金山，由此而发出禅意的感怀。

白门秋柳（节选）

黄裳

我们拣了路上台城，疾速地走着，急遽地呼吸着干燥而寒冷的空气，肺部有着燃烧似的感觉。立在这一片六朝故垒上面，不得不油然地使你缅想着古昔。眼前是一望无际的江天，一片荒寒的白水，疏落地散布着几个小洲，在一片夕阳里，无数的水鸟飞起飞落。多荒凉的地方。这时风更紧了，呼呼地吹着，我们坐在平台上已经颓败的残垒上，打开了地图，它像一片金属叶子似的在风里振动着响。我大声地叫喊，然而耳朵里只听到虎虎的风声。

[简介]

黄裳（1919—2012），原名容鼎昌，山东益都人。散文家、新闻工作者。主要著作有散文集《锦帆集》《锦帆集外》《榆下说书》《晚春的旅行》等。

本文选自《锦帆集》（1946年中华书局初版），描写了作者与友人共游南京时的所见种种，其中包含从鸡鸣寺寻路登上台城城墙，在这片六朝故垒上感慨荒凉与离乱，不由得大声呐喊，无限悲凄。

第四节
写万古，抒胸怀：凤凰台

凤凰台是南京城内西南一角的文化景观，是南京最著名的古迹之一。为什么著名？大概是由于诗人李白的《登金陵凤凰台》一诗。正是因为这首诗，使得金陵凤凰台声名远播，成为中国传统文化中的重要意象。

其实，凤凰台不止南京一处。在中国古代传统文化中，凤凰作为天地间最为尊贵、沟通天人关系的重要使者，一直被视为祥瑞。所谓“有凤来仪”“龙凤呈祥”，都体现了人们对凤凰的喜爱。所以，传说中显现过凤凰的地方，凤凰英勇事迹传播的地方，都建有凤凰台。除南京之外，山东、河南等地都有凤凰台遗址，是一种以凤凰传播为核心，以祥瑞、爱情、理想为主题的重要意象群。如唐代诗人杜甫就曾撰写《凤凰台》，吟咏位于甘肃的凤凰台：“亭亭凤凰台，北对西康州。西伯今寂寞，凤声亦悠悠。山峻路绝踪，石林气高浮。安得万丈梯，为君上上头。恐有无母雏，饥寒日啾啾。我能剖心出，饮啄慰孤愁。心以当竹实，炯然无外求。血以当醴泉，岂徒比清流。”另一位唐代诗人宋之问曾在其七律《奉和春初幸太平公主南庄应制》中提及长安凤凰台：“青门路接凤凰台，素浐宸游龙骑来。涧草自迎香辇合，岩花应待御筵开。文移北斗成天象，酒递南山作寿杯。此日侍臣将石去，共欢明主赐金回。”

可见，文人题咏各地凤凰台的作品层出不穷，各有精妙。然而，这其中影响最大的，还是作为六朝古迹的南京凤凰台。

一、“大鸟二集”，凤凰台生

南京凤凰台始建于南朝，其文献记载最早见于《宋书·符瑞志中》：“文帝元嘉十四年三月丙申，大鸟二集秣陵民王颢园中李树上，大如孔雀，头足小高，毛羽鲜明，文采五色，声音谐从，众鸟如山鸡者随之，如行三十步顷，东南飞去。扬州刺史彭城王义康以闻。改鸟所集永昌里曰凤皇里。”这大约解释了金陵凤凰台得名由来，即

“凤凰现身”。其实所现身的未必是凤凰，而是羽毛鲜艳美丽、给人以吉祥之感的大鸟，但人们对凤凰现身之地所寄予的期待与向往却是真实存在的。后来的《景定建康志》又对凤凰里地名做进一步考证：“乃置凤凰里，起台于山，因以为名。又案《宫苑记》：凤凰楼在凤台山上，宋元嘉中筑，有凤凰集，以为名。”由此可以看出，凤凰台当时已经具备一定规模。

凤凰台虽源起于南朝，但真正的“成名”却从唐而始，从唐诗而始。仅以《全唐诗》为例，“凤凰台”就占了16篇，可见在政治、经济、文化高度发达的唐朝，诗人们对凤凰台倾注了多少关注。

二、凤凰于飞，各有精妙

凤凰台在不同的诗歌中有不同的意义，这使得凤凰台这一意象格外丰富，既高贵又亲民。比如唐代罗邺的《鸳鸯》一诗云：“红闲碧霁瑞烟开，锦翅双飞去又回。一种鸟怜名字好，尽缘人恨别离来。暖依牛渚汀莎媚，夕宿龙池禁漏催。相对若教春女见，便须携向凤凰台。”该诗活

有凤来仪（徐毓马 摄）

用了“萧史弄玉”的故事，将凤凰台当作美好爱情的见证。再如唐代张说的《奉和圣制同玉真公主游大哥山池题石壁》：“池如明镜月华开，山学香炉云气来。神藻飞为鹬鸰赋，仙声飏出凤凰台。”同样将凤凰台作为寄予爱情向往之地。

除爱情意象之外，凤凰台还与皇家威仪有分不开的关系。由于封建君王常把凤凰降世看作预示国泰民安的祥瑞，于是凤凰台也逐渐成为君主贤良、国泰民安的象征。如唐代骆宾王在其《帝京篇》中写道：“桂殿嵚岑对玉楼，椒房窈窕连金屋。三条九陌丽城隈，万户千门平旦开。复道斜通鳷鹊观，交衢直指凤凰台。”从最后一句可以看出，凤凰台已经处于核心位置，成为皇家威仪的重要象征。

然而，凤凰台作为诗歌承载的最重要意象，还是精神寄托和理想象征。凤凰象征着文人士子对美好事物的不懈追求，象征着高洁品性与孤傲气质，于是凤凰台也成为诗人登游之后，抒发怀才不遇、忧国忧民思想的重要舞台。这种意象是从李白的凤凰台诗开始的，除前文提及的《登金陵凤凰台》之外，李白还曾作《金陵凤凰台置酒》一诗：

置酒延落景，金陵凤凰台。
长波写万古，心与云俱开。
借问往昔时，凤凰为谁来。
凤凰去已久，正当今日回。
明君越羲轩，天老坐三台。
豪士无所用，弹弦醉金罍。
东风吹山花，安可不尽杯。
六帝没幽草，深宫冥绿苔。
置酒勿复道，歌钟但相催。

这首诗非常有意思，开篇就提到置酒，结尾也以置酒呼应，酒仙的诗歌风格极为鲜明。但反复的“置酒”其实表达的是一种人生实苦、不如置酒高会的无奈之情。从“豪士无所用”“安可不尽杯”等句，也能看出李白在政治理想破灭后的失意伤感之情。

与这首诗风格相近的还有唐代诗人殷尧藩的《登凤凰台二首》：

凤凰台上望长安，五色宫袍照水寒。
彩笔十年留翰墨，银河一夜卧阑干。
三山飞鸟江天暮，六代离宫草树残。
始信人生如一梦，壮怀莫使酒杯干。

梧桐叶落秋风老，人去台空凤不来。
梁武台城芳草合，吴王宫殿野花开。
石头城下春生水，燕子堂前雨长苔。
莫问人间兴废事，百年相遇且衔杯。

其中“壮怀莫使酒杯干”一句，颇受诗仙李白凤凰台诗的影响。以李白为先驱开创出一脉凤凰台咏怀的诗风，极大地丰富了以金陵凤凰台为意象的诗歌题材，也成为南京特有的、具有极强生命力的文化意象。

这种生命力切实体现在了时光的流转当中。一是从唐代开始，历代以凤凰台为主题的诗词层出不穷；二是清初曾通过对凤凰台文化意象的重塑，完成了清政府作为新王朝政治力量向文化景观的渗透；[①]三是时至今日，凤凰台依旧作为南京重要的文化象征之一，不断呈现着新的活力与面貌。

其中最典型的是南京城墙保护管理中心于2016年打造的“凤凰台上”书吧。书吧位于集庆门—东水关段城墙的“肚子”里，书吧藏书约5000册，气质古朴安静，并定期举办以诗歌音乐为主题的文化活动，呼应了当年李白的经典之作，成为南京诗词爱好者们的根据地。

① 蒋欧悦：《康熙〈江宁府志〉（陈开虞本）对凤凰台的重塑与清初文化重建》，《晨刊》2022 年第 3 期。

诗词链接

金陵凤凰台置酒

〔唐〕李白

置酒延落景，金陵凤凰台。
长波写万古，心与云俱开。
借问往昔时，凤凰为谁来。
凤凰去已久，正当今日回。
明君越羲轩，天老坐三台。
豪士无所用，弹弦醉金罍。
东风吹山花，安可不尽杯。
六帝没幽草，深宫冥绿苔。
置酒勿复道，歌钟但相催。

登凤凰台二首

〔唐〕殷尧藩

凤凰台上望长安，五色宫袍照水寒。
彩笔十年留翰墨，银河一夜卧阑干。
三山飞鸟江天暮，六代离宫草树残。
始信人生如一梦，壮怀莫使酒杯干。

梧桐叶落秋风老，人去台空凤不来。
梁武台城芳草合，吴王宫殿野花开。
石头城下春生水，燕子堂前雨长苔。
莫问人间兴废事，百年相遇且衔杯。

[简介]

殷尧藩（780—855），浙江嘉兴人，唐朝诗人，历任永乐县令、福州从事，曾随李翱做过潭州幕府的幕僚，后官至侍御史，颇有政绩。足迹很广，遍历晋、陕、闽、浙、苏、赣、两湖等地。性好山水，曾言：“一日不见山水，便觉胸次尘土堆积，急须以酒浇之。”著有诗集一卷，《新唐书·艺文志》传于世。

追和李白登金陵凤凰台二首（其二）

〔宋〕郭祥正

高台不见凤凰游，望望青天入海流。
舞罢翠娥同去国，战残白骨尚盈丘。
风摇落日催行棹，潮卷新沙换故洲。
结绮临春无觅处，年年芳草向人愁。

[简介]

郭祥正（1035—1113），字功父，一作功甫，自号谢公山人、醉引居士、净空居士、漳南浪士等。当涂（今属安徽）人。北宋诗人，诗风纵横奔放，酷似李白。一生写诗1400余首，著有《青山集》。

登凤凰台

〔宋〕杨万里

千年百尺凤凰台，送尽潮回凤不回。
白鹭北头江草合，乌衣西面杏花开。
龙蟠虎踞山川在，古往今来鼓角哀。
只有谪仙留句处，春风掌管拂蛛煤。

[简介]

杨万里（1127—1206），字廷秀，号诚斋，自号诚斋野客。吉州吉水（今江西省吉水县黄桥镇湴塘村）人。南宋文学家、官员，与陆游、尤袤、范成大并称为南宋“中兴四大诗人”。杨万里的诗自成一家，独具风格，形成对后世影响颇大的诚斋体。代表作有《插秧歌》《竹枝词》《小池》《初入淮河四绝句》，今存诗4200余首。

沁园春·保宁佛殿即凤凰台，太白留题在焉

〔元〕白朴

刻御书王荆公赠僧诗云：“纷纷扰扰十年间，世事何常不强颜，亦欲心如秋水静，应须身似岭云间。”意者当时南北扰攘，国家荡析，磨盾鞍马间，有经营之志，百未一遂，此诗若有深契于心者以自况。予暇日来游，因演太白、荆公诗意，亦犹稼轩《水龙吟》用李延年、淳于髡语也。

我望山形，虎踞龙盘，壮哉建康。忆黄旗紫盖，中兴东晋，雕兰玉砌，下逮南唐。步步金莲，朝朝琼树，宫殿吴时花草香。今何日，尚寺留萧姓，人做梅妆。

长江。不管兴亡。谩流尽、英雄泪万行。问乌衣旧宅，谁家作主，白头老子，今日还乡。吊古愁浓，题诗人去，寂寞高楼无凤凰。斜阳外，正渔舟唱晚，一片鸣榔。

[简介]

白朴（1226—约1306），原名恒，字仁甫，后改名朴，字太素，号兰谷。晚岁寓居金陵，终身未仕。元代著名的文学家、曲作家、杂剧家，与关汉卿、马致远、郑光祖合称为“元曲四大家”。代表作主要有《唐明皇秋夜梧桐雨》《裴少俊墙头马上》《董月英花月东墙记》等。

双调·湘妃怨·次韵金陵怀古

〔元〕张可久

朝朝琼树后庭花，步步金莲潘丽华，龙蟠虎踞山如画。伤心诗句多，危城①落日寒鸦。凤不至空台②上，燕飞来百姓家，恨满天涯。

[简介]

张可久（约1270—1348），字小山，一说字仲远，号小山。浙江庆元（今浙江宁波）人。元代散曲家、剧作家，与张养浩合称为“二张”，现存小令800余首，为元散曲创作的数量之冠。

[注释]

①危城：高高的城墙。

②空台：此处指凤凰台。

小重山·春流半绕凤凰台

〔清〕宋徵舆

春流半绕凤凰台。十年花月夜，泛金杯。玉箫呜咽画船开。清风起，移棹上秦淮。

客梦五更回。清砧迎塞雁，渡江来。景阳宫井断苍苔。无人处，秋雨落宫槐。

[简介]

宋徵舆（1618—1667），字直方，一字辕文，江苏华亭（今上海）人。顺治四年（1647）进士，官至都察院左副都御史。文风以博赡见长，著有《林屋文稿》等。

第五节
曾经烟草寒，如今风貌现：明故宫

明故宫指的是明代南京的宫城和皇城。其中，宫城是核心，也就是人们常说的“大内”；皇城围绕在宫城之外，大致的范围是东至中山门，西至西安门，北至北安门，南至瑞金路。这个选址很有意思，因为明故宫是填湖而建成的，将皇宫规划在一片湖水里，这可能是筑城史上的特例。正如前文提及的，这个独特的选址是建立在占卜的基础上，所卜的位置是“在旧城东白下门之外二里许”，而这恰好位于钟山之南的燕雀湖中，只能通过填湖来实现。虽然兴师动众，但宫殿位于“钟山龙头”的说法还是令朱元璋非常满意的，相传当年皇城建成后，朱元璋兴致勃勃地亲笔题写了一副对联：“世事如棋，一着争来千古业；柔情似水，几时流尽六朝春。”不过，湖的存在毕竟不容忽视，宫殿建成之后，地基有一定程度下沉，便出现了皇宫南高北低的情况，而且地基沉降和排水问题长期存在。

一、作为范本的明故宫

明故宫的选址是否成功，这一点从建筑学上来讲是存疑的。但我们不得不承认的是，明故宫所开创的宫殿格局新形制作为中国后来皇宫建筑的重要范本，意义十分深远。

明故宫分内外两重，外城即皇城，东西宽约1.5千米，南北长约2.5千米，设有承天门、西安门、东安门、北安门、长安左门、长安右门、洪武门七座城门，这些城门今天大多不存，仅西安门留有遗址，并作为地名遗产发挥着作用。在皇城内，设有社稷坛、太庙、禁卫军营地等。内城又称紫禁城，形状近似正方形。共有城门六座，南为午门、左掖门、右掖门，东为东华门，西为西华门，北为玄武门。这几座城门围合起了皇帝、后妃等的活动场所，是整个宫苑的核心地带。在核心地点当中又有核心，按照“前朝后寝”的模式，前朝是以奉天殿、华盖殿、谨身殿为主体的政务朝会场所，后寝则是以乾清、坤宁两宫为核心的皇家生活场所。这种宫苑的模式后来被北京故宫高度借鉴，其中一个颇为有趣之处就是内外五龙桥。明故宫是填湖而

午门公园石刻（董亚梅 摄）

建，地下水系丰富，为了保障原有水系的畅通，明故宫在地下建有水道和涵洞，因此需要架设桥梁。而北京故宫地下并没有河流水系，但在“翻版”南京明故宫时，仍然保留了河道走向和桥梁，可谓“为桥而桥”了。

二、悲歌中的明故宫

朱元璋去世后，皇太孙朱允炆登基。次年，其叔朱棣在北京兵锋南指，并在三年征战后攻占南京。南京宫城内燃起一把大火，朱允炆从此不知所踪。这场以血与火为底色的夺权被称为“靖难之役”。自此之后，朱棣虽人在南京，但心已经倾向于迁都北京。永乐十九年（1421），朱棣正式迁都北京，南京的宫城被封闭成为禁地。由于缺少人气和修复，再加上天灾不断，南京明故宫自此衰落。清代以后，战争及改建频发，明故宫再遭破坏，遗迹几乎被毁坏殆尽。

残存的柱础，荒芜的宫殿，离离的蔓草，构成了明故宫这一意象的底色。从文学角度来讲，明故宫虽然失去宫殿的功能，但却经历代诗文不断抽象，成为怀古思旧、感怀国殇的情感出口。如明代夏完淳在《一剪梅·咏柳》中所记：“无限伤心夕照中，故国凄凉，剩粉余红。金沟御水自西东，昨岁陈宫，今岁隋宫。往事思量一晌空，飞絮无情，依旧烟笼。长条短叶翠濛濛，才过西风，又过东风。”这首词从色彩（剩粉余红）、形态（御水自西东）、古今对比（昨岁陈宫，今岁隋宫）、意象映照（飞絮无情）等方面，全方位地描绘了明故宫的凄凉。

到清代以后，关于明故宫悲思怀古之诗更多，康熙帝、乾隆帝都曾留下诗作。其中乾隆皇帝在下江南时曾写下《过明故宫》一诗。这首诗的风格基本可以代表清代文人过明故宫时的普遍心态。晚清时期，康有为也曾作诗一首来叹惋明故宫：

夕阳老柳板桥楼，颓尽明宫落瓦秋。
虎踞龙蟠犹有梦，摩挲翁仲立螭头。

这首《游金陵·明故宫及孝陵秦淮旧板桥》作于康有为25岁游金陵之时，正值深秋，更添悲意，诗人不禁有“虎踞龙蟠犹有梦”的今昔之感。

三、明故宫的再现

由于历史遗留及城市建设等原因，如今的明故宫遗址虽已经基本“碎片化”，但有关部门保护明故宫的脚步并没有停止。虽然明故宫没有被复建，但却可以通过各种形式重现风采。目前，明故宫遗址公园打造了南京明故宫遗址展览馆，以数字全景形式再现了明代皇宫，展示内容从“巍峨宫阙”“帝都时代”到“南都之后”，全面讲述了明故宫的历史与现在；明故宫南侧的午门公园几经改造修整，既提高了“颜值”，也加强了原有古迹文物的保护力度；南京明故宫大遗址文物数据信息采集与展示项目，对明故宫大遗址范围内（即明代南京城的宫城与皇城区域内）地面现存遗迹、遗物进行现状调查，利用三维激光扫描等数据信息采集技术，对遗址范围内现存不可移动文物，如午门、西安门等门址以及内五龙桥、外五龙桥等桥梁，甚至包括石照壁、建筑石构件等，进行数据信息采集。

更值得期待的是，2015年10月，经国家文物局审核同意，江苏省人民政府批准公布了《全国重点文物保护单位南京明故宫遗址保护总体规划（2012—2032）》（苏政复〔2015〕107号）；2021年，明故宫遗址公园保护与展示工程被列入国家发改委“十四五”时期文化保护传承利用工程项目，目前正在积极筹备实施当中。未来，明故宫遗址有望建成考古遗址公园，并通过多种展示形式，再现650多年前的威仪与风貌。

诗词链接

一剪梅·咏柳

〔明〕夏完淳

无限伤心夕照中，故国凄凉，剩粉余红。金沟御水[1]自西东，昨岁陈宫，今岁隋宫。

往事思量一晌空，飞絮无情，依旧烟笼。长条短叶翠濛濛，才过西风，又过东风。

[注释]

①御水：指明故宫的御河。如今御河已是南京城墙明故宫遗址保护展示工程的重要组成部分。

明故宫遗址今为将军驻节处

〔清〕陈文述

云里分明旧凤城，雨中春树久无声。
当年帝子宫槐陌，今日将军细柳营。
尽有铜驼悲晋代，久看玉马会周京。
六朝往事都如此，江水东流无限情。

游金陵明故宫及孝陵秦淮旧板桥

〔清〕康有为

夕阳老柳板桥楼，颓尽明宫落瓦秋。
虎踞龙蟠犹有梦，摩挲翁仲立螭头。

[简介]

康有为（1858—1927），晚清思想家、教育家，改良主义的代表人物。曾与梁启超共同发起著名的“公车上书”，并领导了著名的“维新变法”运动。

本诗作于康有为25岁游金陵之时，其时正值深秋，康氏不禁有“虎踞龙盘犹有梦”的今昔之感。

第六节
居于狮子之上，留于诗文之中：狮子山与阅江楼

一、“狮岭雄观”底蕴深

狮子山位于南京下关一带，雄踞于长江之滨。古时，晋元帝渡江到此，见此处山岭连绵，远接石头山，近临长江水，不由得感慨为“真江上之关塞”，可见此山地形之险要。又因为此山与北方燕山山脉的卢龙山相近，所以又被称为“卢龙山”。

至明初，卢龙山又得美名，当时明太祖朱元璋曾赞美此山“一峰突兀，凌烟霞而侵汉表，远观近观实体狻猊之状，故赐名曰狮子山”。

狮子山虽然偏居一隅，但拥有众多的人文景观和历史遗迹，文化价值丰厚。它曾是“金陵四十八景”之一，有“狮岭雄观”的美称。山顶有孙中山观江亭、古炮台遗址，山坡上有徐达将军庙、玩咸亭、狮字林碑刻，山麓有

静海寺、三宿岩、仪凤门和天妃宫碑。以狮子山为中心，附近还有八字山、江南水师学堂遗址、孙津川故居、太平军破城处等众多历史人文景点。其中最核心的景观，当数2001年竣工的阅江楼。

二、《阅江楼记》美名扬

早在明代，大学士宋濂就曾作文《阅江楼记》，文名传动天下。然而与《岳阳楼记》等历史名楼记文不同的是，宋濂撰写此文时，阅江楼并未建好，全文都是根据丰富的想象撰写而成的。

据传，朱元璋定都南京后，久有建楼以纪功绩的想法，他接受了刘基的建议，准备将这一楼建于狮子山上，起名“阅江楼”。为建好这一楼，朱元璋一纸诏书从全国

狮子山远眺（林琨 摄）

各地召集建筑大师，不可谓不群力。朱元璋也很注重宣传效应，广召群臣伴驾至狮子山上，在即将建楼的选址上，以《阅江楼记》为题，安排了一篇“命题作文”。宋濂的《阅江楼记》就是在此时诞生并一举夺魁的。所以，细读《阅江楼记》不难发现，文中华美歌颂之词较多，但实写楼景的句子几乎没有。因为宋濂文笔再好，也不敢乱写，毕竟楼还没有建起来呢，就只能虚写狮子山的地势、长江的雄浑，以及朱元璋的功德。但宋濂的《阅江楼记》也写出了狮子山与明城墙的关系，一句“见江汉之朝宗，诸侯之述职，城池之高深，关阨之严固”可见狮子山作为居高临下之地，与固若金汤的城墙是紧密相连的，仪凤门与挹江门就在狮子山左右，遥遥相应。

朱元璋在此次集会当中，也不吝笔墨，自写一篇《阅江楼记》。在这篇文章中，朱元璋充分发挥了主观能动性，以楼为引子，回忆了“应天大捷”的过程以及狮子山作为关隘发挥的作用，并在文中回应了一个重要的问题，即“为什么定都于南京”。朱元璋写道：“朕生淮右，立业江左，何固执于父母之邦。以古人都中原，会万国，当云道里适均，以今观之，非也。大概偏北而不居中，每劳民而不息，亦由人生于彼，气之使然也。朕本寒微，当天地循环之初气，创基于此。且西南有疆七千余里，东北亦然，西北五千之上，南亦如之，北际沙漠，与南相符，岂不道里之均？万邦之贡，皆下水而趋朝，公私不乏，利益大矣。”这段论述对于南京的建都史来说，是极有意义的。

再把目光转回到这篇《阅江楼记》本身。作为皇帝，朱元璋显然比宋濂更敢写、敢想，文中已经有这样的句子：“今楼成矣，碧瓦朱楹，檐牙摩空而入雾，朱帘风飞而霞卷，彤扉开而彩盈。正值天宇澄霁，忽闻雷声隐隐，亟倚雕栏而俯视，则有飞鸟雨云翅幕于下。斯楼之高，岂不壮哉！”其实当时楼未建成，雕梁画栋也根本没有，但这对逸兴遄飞的朱元璋来说都不是问题，因为在他心中，这座楼想建什么样就能建什么样，只会比纸上的更好！然而，现实与理想总是有差距的。正如我们所知，从明初开始拟建，一直到后来迁都北京、明朝覆灭，种种主客观原因导致明代阅江楼并未真正兴建。其中的原因很复杂，有

“天象有异”说，也有“劳民伤财”说，其中一说与南京明城墙有关联，即朱元璋建南京明城墙时，已经需要借沈万三的“聚宝盆”来助力了，可见国库空虚，已无力再承担没有实用价值的阅江楼工程。

清朝建立后，也曾一度拟在原址修筑阅江楼，这种提议似乎有“明朝没有办成的事，清朝可以办到”的攀比心理，但最终也未建成。

直到1997年，南京开工建设阅江楼，弥补了长久以来“有记无楼”的遗憾。2001年，7层、54米高的阅江楼正式建成，还原了“碧瓦朱楹，檐牙摩空”的明代皇家建筑风格，并将朱元璋的《阅江楼记》饰于楼内。从此之后，狮子山、阅江楼及绵延的明城墙相映成趣，在下关一带自成一风，构成了金陵城内又一明代景观集群，体现了南京城墙在文化遗产方面的串联作用。

诗文链接

阅江楼记

〔明〕宋濂

金陵为帝王之州。自六朝迄于南唐，类皆偏据一方，无以应山川之王气。逮我皇帝，定鼎于兹，始足以当之。由是声教所暨，罔间朔南；存神穆清，与天同体。虽一豫一游，亦可为天下后世法。京城之西北有狮子山，自卢龙蜿蜒而来。长江如虹贯，蟠绕其下。上以其地雄胜，诏建楼于巅，与民同游观之乐。遂锡嘉名为“阅江”云。

登览之顷，万象森列，千载之秘，一旦轩露。岂非天造地设，以俟大一统之君，而开千万世之伟观者欤？当风日清美，法驾幸临，升其崇椒，凭阑遥瞩，必悠然而动遐思。见江汉之朝宗，诸侯之述职，城池之高深，关阨之严固，必曰：“此朕沐风栉雨、战胜攻取之所致也。”中夏之广，益思有以保之。见波涛之浩荡，风帆之上下，番舶接迹而来庭，蛮琛联肩而入贡，必曰：“此朕德绥威服，覃及外内之所及也。”四陲之远，益思所以柔之。见两岸之间、四郊之上，耕人有炙肤皲足之烦，农女有捋桑行馌之勤，必曰：“此朕拔诸水火、而登于衽席者也。”万方之民，益思有以安之。触类而思，不一而足。臣知斯楼之建，皇上所以发舒精神，因物兴感，无不寓其致治之思，奚此阅夫长江而已哉？彼临春、结绮，非弗华矣；齐云、落星，非不高矣。不过乐管弦之淫响，藏燕赵之艳姬。一旋踵间而感慨系之，臣不知其为何说也。

虽然，长江发源岷山，委蛇七千余里而始入海，白涌碧翻，六朝之时，往往倚之为天堑；今则南北一家，视为安流，无所事乎战争矣。然则，果谁之力欤？逢掖之士，有登斯楼而阅斯江者，当思帝德如天，荡荡难名，与神禹疏凿之功同一罔极。忠君报上之心，其有不油然而兴者耶？

臣不敏，奉旨撰记，欲上推宵旰图治之切者，勒诸贞珉。他若留连光景之辞，皆略而不陈，惧亵也。

[简介]

宋濂（1310—1381），初名寿，字景濂，号潜溪，别号龙门子、玄真遁叟等。浙江浦江人，元末明初著名政治家、文学家、史学家、思想家，与高启、刘基并称为“明初诗文三大家”，又与章溢、刘基、叶琛并称为“浙东四先生”，被明太祖朱元璋誉为“开国文臣之首”。

阅江楼记

〔明〕朱元璋

朕闻三皇五帝下及唐宋，皆华夏之君，建都中土。《诗》云“邦畿千里”，然甸服五百里外，要荒不治，何小小哉。古诗云“圣人居中国而治四夷”，又何大哉。询于儒者，考乎其书，非要荒之不治，实分茅胙土，诸侯以主之，天王以纲维之。然秦汉以下不同于古者何？盖诸侯之国以拒周，始有却列土分茅之胙，擅称三十六郡，可见后人变古人之制如是也。若以此观之，岂独如是而已乎？且如帝尧之居平阳，人杰地灵，尧大哉圣人，考终之后，舜都蒲坂，禹迁安邑。自禹之后，凡新兴之君，各因事而制宜，察形势以居之，故有伊洛陕右之京，虽所在之不同，亦不出乎中原，乃时君生长之乡，事成于彼，就而都焉，故所以美称中原者为此也。孰不知四方之形势，有齐中原者，有过中原者，何乃不京而不都？盖天地生人而未至，亦气运循环而未周故耳。近自有元失驭，华夷弗宁，英雄者兴亡叠叠，终未一定，民命伤而日少，田园荒废而日多。观其时势，孰不寒心？朕居扰攘之间，遂入行伍，为人调用者三年。俄而匹马单戈，日行百里，有兵三千，效顺于我。于是乎帅而南征，来栖江左，抚民安业，秣马厉兵，以观时变，又有年矣。凡首乱及正统者，咸无所成，朕方乃经营于金陵，登高临下，俯仰盘桓，议择为都。民心既定，发兵四征。不五年间，偃兵息民，中原一统，夷狄半宁。是命外守四夷，内固城隍，新垒具兴，低昂依山而傍水，环绕半百里，军民居焉。非古之金陵，亦非六朝之建业，然居是方，而名安得而异乎？不过洪造之鼎新耳，实不异也。然宫城去大城西北将二十里，抵江干曰龙湾。有山蜿蜒如龙，连络如接翅飞鸿，号曰卢龙，趋江而饮水，末伏于平沙。一峰突兀，凌烟霞而侵汉表，远观近视实体狻猊之状，故赐名曰狮子山。既名之后，城因山之北半，壮矣哉。若天霁登峰，使神驰四极，无所不览，金陵故迹，一目盈怀，无有掩者。俄而复顾其东，玄湖钟阜，倒影澄苍，岩谷云生而霭水，市烟薄雾而蓊郁，人声上彻乎九天。登斯之山，东南有此之景。俯视其下，则华夷舸舰泊者檣林，上下者如织梭之迷江。远浦沙汀，乐蓑翁之独钓。平望淮山，千岩万壑，群峻如万骑驰奔青天之外。极目之际，虽一叶帆舟，不能有蔽。江郊草木，四时之景，无不缤纷，以其地势中和之故也。备观其景，岂不有御也欤？朕思京师军民辐辏，城无暇地，朕之所行，精兵铁骑，动止万千，巡城视险，隘道妨民，必得有所屯聚，方为公私利便。今以斯山言之，空其首而荒其地，诚可惜哉。况斯山也，有警则登之，察奸料敌，无所不至。昔伪汉友谅者来寇，朕以黄旌居山之左，赤帜居山之右，谓吾伏兵曰：赤帜摇而敌攻，黄旌动而伏起。当是时，吾精兵三万人于石灰山之阳，至期而举旌帜，军如我约，一鼓而前驱，斩溺二万，俘获七千。观此之山，岂泛然哉！乃于洪武七年甲寅春，命工因山为台，构楼以覆山首，名曰阅江楼。此楼之兴，岂欲玩燕赵之窈窕，吴越之美人，飞舞盘旋，酣歌夜饮？实在便筹谋以安民，壮京师以镇遐迩，故造斯楼。今楼成矣，碧瓦朱楹，檐牙摩空而入雾，朱帘风飞而霞卷，彤扉开而彩盈。正值天宇澄霁，忽闻雷声隐隐，亟倚雕栏而俯视，则有飞鸟雨云翅幕于下。斯楼之高，岂不壮哉！噫，朕生淮右，立业江左，何固执于父母之邦。以古人都中原，会万国，当云道里适均，以今观之，非也。大概偏北而不居中，每劳民而不息，亦由人生于彼，气之使然也。朕本寒微，当天地循环之初气，创基于此。且西南有疆七千余里，东北亦然，西北五千之上，南亦如之，北际沙漠，与南相符，岂不道里之均？万邦之贡，皆下水而趋朝，公私不乏，利益大矣。故述文记之。

[简介]

朱元璋（1328—1398），原名朱重八、朱兴宗，出生于濠州（今安徽凤阳）钟离太平乡孤庄村，明朝开国皇帝（1368年—1398年在位），年号“洪武”。

又阅《阅江楼记》

〔明〕朱元璋

朕闻昔圣君之作，必询于贤而后兴。噫，圣人之心幽哉。朕尝存之于心，虽万千之学，独不能仿。今年欲役囚者建阅江楼于狮子山，自谋将兴，朝无入谏者。抵期而上天垂象，责朕以不急。即日惶惧，乃罢其工。试令诸职事妄为《阅江楼记》，以试其人。及至以记来献，节奏虽有不同，大意比比皆然，终无超者。朕特假为臣言而自尊，不觉述而满章，故序云。

洪武七年二月二十一日，皇帝坐东黄阁，询臣某曰：京城西北龙湾狮子山，扼险而拒势，朕欲作楼以壮之，雄伏遐迩，名曰阅江楼。虽楼未造，尔先为之记。臣某谨拜手稽首而曰：臣闻古人之君天下，作宫室以居之，深高城隍以防之，此王公设险之当为，非有益而兴。土皆三尺，茅茨不剪，诚可信也。今皇上神谋妙算，人固弗及，乃有狮子山扼险拒势之诏，将欲命工。臣请较之而后举。且金陵之形势，岂不为华夷之魁？何以见之？昔孙吴居此而有南土，虽奸操，忠亮，卒不能擅取者，一由长江之天堑，次由权德以沾民。当是时，宇内三分，劲敌岂小小哉？犹不能侵江左，岂假阅江楼之拒势乎？今也皇上声教远被遐荒，守在四夷，道布天下，民情效顺，险已固矣，又何假阅江楼之高扼险而拒势者欤？夫宫室之广，台榭之兴，不急之务，土木之工，圣君之所不为。皇上拔乱返正，新造之国，为民父母，协和万邦，使愚夫愚妇无有谤者，实臣之愿也。臣虽违命，文不记楼，安得不拜手稽首，以歌陛下纳忠款而敛兴造，息元元于市乡。乃为歌曰：天运循环，百物祯颁。真人立命，四海咸安。臣歌圣德，齿豁鬓斑。亿万斯年，君寿南山。

登阅江楼

〔明〕王守仁

绝顶楼荒旧有名，高皇曾此驻龙旌。
险存道德虚天堑，守在蛮夷岂石城。
山色古今余王气，江流天地变秋声。
登临授简谁能赋？千古新亭一怆情。

[简介]

王守仁（1472—1529），字伯安，号阳明，浙江余姚人。明代著名思想家、文学家、哲学家和军事家，陆王心学之集大成者。其弟子极众，世称“姚江学派”。文章博大昌达，行墨间有俊爽之气。有《王文成公全书》传世。

登卢龙山在观后云晋中宗所名

〔明〕王世贞

琳宫寂寂掩玄关，列柏层层径可攀。
似闻司马江东日，分得卢龙塞上山。
万雉低昂朝旭后，千林出没午阴间。
欲问阅江楼记处，露台元自惜民艰。

[简介]

王世贞（1526—1590），字元美，号凤洲，又号弇州山人，江苏太仓人，明代文学家、史学家。“后七子”领袖之一。好为古诗文，著有《弇州山人四部稿》《弇山堂别集》《嘉靖以来首辅传》《艺苑卮言》《觚不觚录》等。

阅江楼

〔明〕顾湄

万里长江一望收，高皇亲建阅江楼。
云开蓬岛星河曙，月出卢龙天地秋。
碧草自生宫寝路，青山仍绕帝王州。
凭君莫问当年事，禾黍同归六代愁。

[简介]

顾湄（生卒年不详），字伊人，明末清初江南太仓人。工于诗文，与黄与坚等称“娄东十子”。著有《水乡集》。

阅江楼晚眺分赋

〔清〕陈恭尹

高楼雄近郭，古驿带长堤。
石室横当北，梧江抱自西。
光摇虚壁动，青入画阑低。
缥缈云生牖，崚嶒石作梯。
四隅回曲阁，三叠跨长蜺。
朱拱浮花满，明窗落照齐。
佳哉行乐地，久矣困征鼙。
虽复櫜弓后，犹闻伏枥嘶。
风高团赤叶，苔浅涩青泥。
屋角闲铃语，檐牙寄鸟栖。
晚帆归习习，霜菼远凄凄。
幸有朋俦聚，还同笔砚携。
读铭思跃马，临渚忆燃犀。
胜会诚难得，新诗好遍题。
莫嫌冬日短，今夕月如圭。

[简介]

陈恭尹（1631—1700），字元孝，初号半峰，晚号独漉子，又号罗浮布衣，广东顺德县（今佛山顺德区）龙山乡人。擅长写七律，著有《独漉堂集》，与屈大均、梁佩兰齐名，史称“岭南三大家”。

江城子・题杨雪椒观察金陵策蹇图

〔清〕邓廷桢

卢龙山下系轻桡，柳条条，路迢迢。十里青芜，宛转度裙腰。认取鞭丝春影瘦，浑不似，玉骢骄。

前头弓样石城桥，曲波摇，蕙烟销。待觅东风，燕子话南朝。纸醉金迷多少事，都付与，过江潮。

[简介]

邓廷桢（1776—1846），字维周，江宁（今南京）人。清代诗人、民族英雄，官至两广、闽浙、陕甘总督，曾与林则徐协力查禁鸦片。著有《双砚斋词》。

本首词当中的“卢龙山”实际就是今狮子山；词中的石城桥，在今南京城墙石城门外秦淮河畔。

阅江楼

〔清〕金朝觐

高楼控引大江流，狮子山头迹尚留。
天意自分南北堑，偏安时作帝王州。
朱栏凭尽三吴盛，碧水飘来六代愁。
岂为埋金无王气，何缘诚意不如娄。

[简介]

金朝觐（生卒年不详），活动在清朝嘉庆道光年间。程伟元及门弟子，高鹗好友。其著作现存有《三槐书屋诗钞》四卷，计收诗五百余首。

南京下关（节选）

周作人

……由惠民桥沿着马路进城，走上一个颇长的高坡，就是仪凤门，门的左手是狮子山，上边设有炮台，但是没有上去过，那里驻守的官兵是不准闲人去看的，本来炮台哪里可以随便看得呢？可是那里洋人却可以上去“游览”的。过了仪凤门走不多远，就可以望得见机器厂的大烟通了，虽然是烟通终年到头不冒烟，但总之烟通是在那里，那即是我们的水师学堂了。

[简介]

周作人（1885—1967），原名周櫆斗，后改名櫆树、遐寿。字启明、起孟，号知堂。浙江绍兴人。散文家、文学翻译家。著有散文集《自己的园地》《雨天的书》和《知堂文集》等。

本文写周作人旅至江南水师学堂的见闻，该学堂在下关，距南京城墙仪凤门不远，出入时途径狮子山，上有对洋人开放却对国人禁行的炮台，引起作者屈辱之感。

第七节
莫愁莫愁，歌舞不休：莫愁湖

南京城墙与水一直有分不开的关系。城北与玄武湖紧密相连，构成“城湖一体”的美景；城南有长干里，氤氲出熙熙攘攘的生活气息；而在城西，有一块水面与南京城墙相依，那就是莫愁湖。

一、莫愁湖的成因

莫愁湖是目前南京城区内仅次于玄武湖的第二大水面，旧有“金陵第一名胜”之称。莫愁湖到底是怎么形成的，目前还没有定论，但历来就有的“横塘说”，拉近了莫愁湖与南京城墙的关系。正如前文提到过的，石头城下石头津，使得水路运输不断发达，一直延伸到了横塘、长干里一带。这一点也曾在唐代崔颢《长干曲》的“君家何处住，妾住在横塘”一句中有过体现。横塘到底是不是莫愁湖的前身呢？清代汪士铎等编纂的《同治上江两县志》

是坚定的支持者："吴大帝时，自江口沿淮筑堤，谓之横塘。《吴都赋》曰：'横塘查下，邑屋隆夸。'楼台之盛，天下莫比者也，亦曰南塘。晋义熙七年，刘裕拒卢循于石头，寻出陈于南塘，即此。今为莫愁湖。"

但实际上，关于横塘是不是莫愁湖前身，学界是有不同意见的。在《莫愁湖史话》一书中，学者吴福林曾从湖形的角度对此观点存疑："今莫愁湖呈三角粽形，实在看不出与长方形的"横塘"有何关联。"

二、文人气息与世俗生活

无论莫愁湖是不是当年的横塘，其与城墙的关系依旧十分密切。我们来看明代（南京明城墙修筑后）莫愁湖的地理位置：明时莫愁湖位于应天府城西，夹在京城、外郭两道城墙之间。莫愁湖东北侧为石城门，也就是今天的汉西门；东南面是三山门，也就是今天俗称的水西门，西边为江东门。秦淮河由西水关出城后流入长江，可见莫愁湖一带水系是十分发达的。

水系发达则码头多、运力足，必然带来繁忙的交通和经济活动。《洪武京城图志》曾记载此地的生活环境，称“多聚客商船只、米麦货物”，又有“买卖马牛驴骡猪羊鸡”的六畜场。这块夹在数座城门之间的方寸之地，成为明初繁荣生活的一个缩影。

虽然此地以世俗生活为主，但莫愁湖却有一个人文气息浓厚的名字。南朝乐府中有“莫愁石城西”的诗句，想来就成为命名这座城西小湖的起因。由于湖区接近六朝时期建筑的横塘（无论其是不是横塘），又接近大名鼎鼎的石头城，所以，用“莫愁”这一既与水系相关又与石城相联的少女来命名湖区，算得上是妙笔，也是再合适不过的选择了。莫愁湖的命名，也体现了诗歌在城市历史发展中的重要作用。

莫愁湖从古至今，汩汩而流，杨柳依依，已成为南京城内亭台湖景、休闲小憩的盛景。

诗词链接

莫愁乐·莫愁在何处

南朝乐府

莫愁在何处？莫愁石城西。
艇子打两桨，催送莫愁来。

莫愁

〔唐〕李商隐

雪中梅下与谁期，梅雪相兼一万枝。
若是石城无艇子，莫愁还自有愁时。

[简介]

李商隐（约813—858），字义山，号玉溪（谿）生，又号樊南生，原籍怀州河内（今河南沁阳），祖辈迁荥阳（今河南荥阳市），晚唐著名诗人。

李商隐是晚唐乃至整个唐代为数不多的刻意追求诗美的诗人，与杜牧合称“小李杜”，与温庭筠合称“温李”。其诗构思新奇，风格秾丽，尤其是一些爱情诗和无题诗写得缠绵悱恻，优美动人，广为传诵。部分诗歌十分隐晦迷离，难于索解，所以有“诗家总爱西昆好，独恨无人作郑笺”之说。

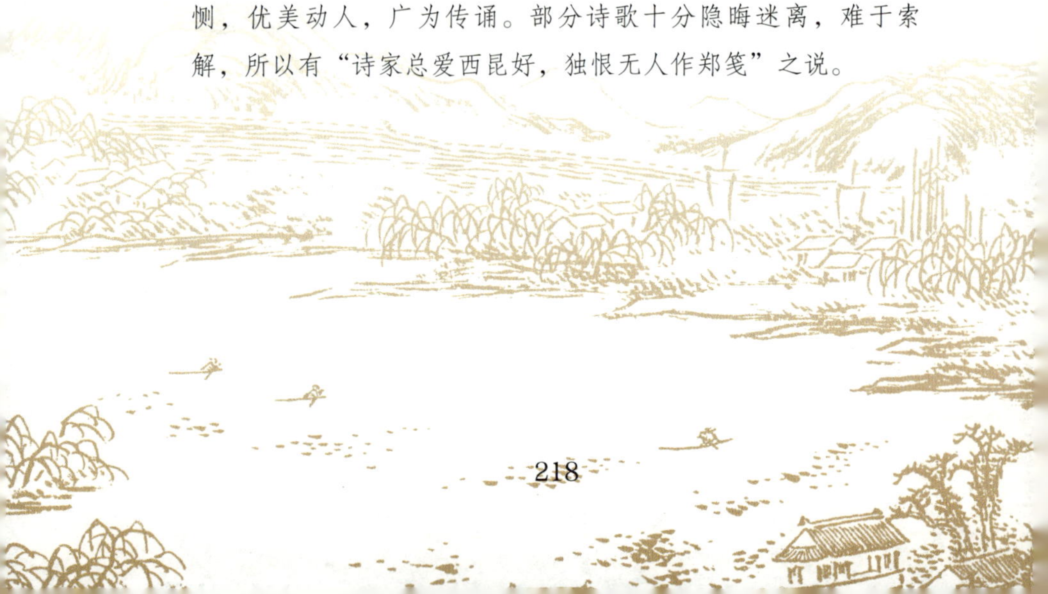

石城

〔唐〕郑谷

石城昔为莫愁乡，莫愁魂散石城荒。
江人依旧棹舴艋，江岸还飞双鸳鸯。
帆去帆来风浩渺，花开花落春悲凉。
烟浓草远望不尽，千古汉阳闲夕阳。

[简介]

郑谷（849—911），字守愚，江西宜春人。唐朝末期著名诗人。唐僖宗时进士，官都官郎中，人称郑都官；又以《鹧鸪诗》得名，人称郑鹧鸪。其诗多写景咏物之作，表现士大夫的闲情逸致。风格清新通俗，但流于浅率。

和人有感

〔唐〕吴融

莫愁家住石城西，月坠星沉客到迷。
一院无人春寂寂，九原何处草萋萋。
香魂未散烟笼水，舞袖休翻柳拂堤。
兰棹一移风雨急，流莺千万莫长啼。

［简介］

吴融（850—903），字子华，越州山阴（今浙江绍兴）人。唐代诗人。吴融生于混乱、矛盾、黑暗的晚唐后期，是整个大唐帝国走向灭亡的见证者之一。

长相思·舟中作

〔宋〕周邦彦

好风浮。晚雨收。林叶阴阴映鹢舟。斜阳明倚楼。
黯凝眸。忆旧游。艇子扁舟来莫愁。石城风浪秋。

杏花天·赋莫愁

〔宋〕周密

瑞云盘翠侵妆额。眉柳嫩、不禁愁积。返魂谁染东风笔。写出郢中春色。

人去后、垂杨自碧。歌舞梦、欲寻无迹。愁随两桨江南北。日暮石城风急。

[简介]

周密（1232—1298），字公谨，号草窗，又号萧斋。吴兴（今浙江湖州）人，宋元间文学家。富于收藏，工诗词，尤深于文献故实。

莫愁湖[1]

〔清〕陈文述

乐府清商旧有名，美人家在石头城。
从今莫唱襄阳曲，湖雨湖烟过一生。
烟柳丝丝白下门，湖波风淡不生鳞。
石城一角青山影，忆煞烟波打桨人。
芙蓉香淡蓼花秋，仿佛婵娟载月游。
两字莫愁空记取，六朝山色向人愁。
淡烟疏雨似潇湘，燕子飞飞话夕阳。
何处红楼遥问讯，卢家少妇郁金堂。
花外红阑一曲横，清凉山对小楼青。
江山功业湖山乐，第一英雄是武宁。
何处埋香吊绿芜，行人犹说莫愁湖。
秦淮河上如花女，问有眉痕似尔无。

[注释]

①莫愁湖：南京莫愁湖因莫愁女而得名，而莫愁女被公认为住在“石城西”，即南京城墙清凉门一带。此后关于莫愁女的诗词，往往会有“石城西”字样，如“莫愁家住石城西”“莫愁在何处，莫愁石城西”等。

游莫愁湖

〔清〕端方

五月湖楼趁夕凉，重来祠树饫新霜。
秋风莫续箜篌引，春梦谁寻玳瑁梁。
孙楚酒楼馀蔓草，丽华宫井剩枯杨。
佳人底是生南园，家世分明系洛阳。

[简介]

端方（1861—1911），字午桥，号陶斋，清末大臣，金石学家。满洲正白旗人，官至直隶总督、北洋大臣。入川镇压保路运动，为起义新军所杀。谥忠敏。著有《陶斋吉金录》《端忠敏公奏稿》等。

第八节

门的艺术：生活与城门故事

为什么城门有故事？这个问题我们将从文化发生学的角度来解读。“文化发生学”是研究特定历史与地理文化形态中文化发生与演变规律的科学，是通过“对各种史料的梳理来分析一个现象、事物或制度的产生、发展的轨迹”的学科。[①]与起源学更强调某一事件、客观现象的发生的侧重点相比，文化发生学更强调观念的发生、文化现象与情感的发生。

所以，特定的人或人群，在特定的时间和空间内启动一种文化创新行为，这是文化发生学经常讨论的范畴。换句话说，“人们为什么住在城门边”这一行为不能完全纳入文化发生学的讨论范围，但“人们为什么将某座城门作为吟咏和描绘的对象，并赋予它情感色彩”则完全合乎文

① 王乃考：《发生学视野下文化生产的历史与规律》，《现代传播》2017 年第 11 期。

化发生学的范畴。

一、城门与划界

南京现存的城门主要始建于明代。熟悉城墙史的南京人可以脱口而出“内十三、外十八”的顺口溜，“内十三”即指的是京城城门，“外十八”指外郭的城门。清代小说家吴敬梓在他的《儒林外史》中把南京的“内十三”城门按逆时针方向编成了一段话：

三山聚宝临通济，洪武朝阳镇太平。
神策金川定钟阜，仪凤淮清到石城。

这13座城门分别是城东的朝阳门（今中山门），城南的正阳门（今光华门）、通济门、聚宝门（今中华门），城西的三山门（今水西门）、石城门（今汉中门稍南的汉西门）、清凉门（又称清江门）、定淮门、仪凤门（今兴中门），城北的钟阜门、金川门、神策门（今和平门）、太平门。

通过这些城门可以看出，建成后的“城墙”所代表的不仅是其本体，还包括四重城垣围合的空间，这种健全而博大的形制，把城市划分为充满等级的空间和具备张力的界限，并激发起具有一定文化感的行为，出现了诸如“午门内外”“城内城外”“城西城东”等不同地域文化的感知。如明代钱宰在其《早朝诗》中提及：

四鼓冬冬起着衣，午门朝见尚嫌迟。

何时得遂田园乐，睡到人间饭熟时。

午门是南京明城墙宫城的正门，“居中向阳，位当子午”，故名午门，民间俗称午朝门。除了是官员出入之门外，午门还是传达圣旨及朝廷告书的地方，也是皇帝处罚大臣“廷杖”之地，因此表现为等级划分、朝廷象征的意象。

如果把目光转向城外，则是另外一番景象。前文提及的明代黄姬水的《金陵古意八首》，描绘了一幅青年男女竞相出城踏春、折花而归的浪漫世情画卷。城内形象也许是刻板的、严肃的，但城外景象却是恣意的、浪漫的。

城门有效地圈定了人们活动的地理位置，也给文学作品提供了一种颇有趣味的方位感。吴敬梓在《儒林外史》中，就以城门为核心描绘了一段生动的时代画面：

这南京乃是太祖皇帝建都的所在，里城门十三，外城门十八，穿城四十里，沿城一转足有一百二十多里。城里几十条大街，几百条小巷，都是人烟凑集，金粉楼台。城里一道河，东水关到西水关，足有十里，便是秦淮河。水满的时候，画船箫鼓，昼夜不绝。城里城外，琳宫梵宇，碧瓦朱甍，在六朝时，是四百八十寺；到如今，何止四千八百寺！大街小巷，合共起来，大小酒楼有六七百座，茶社有一千余处。不论你走到一个僻巷里面，总有一个地方悬着灯笼买茶，插着时鲜花朵，烹着上好的雨水。茶社里坐满了吃茶的人。到晚来，两边酒楼上明角灯，每条街足有数千盏，照耀如同白日，走路的人，并不带灯笼。那秦淮到了有月色的时候，越是夜色已深，更有那细吹细唱的船来，凄清委婉，动人心魄。两边河房里住家的女郎，穿了轻纱衣服，头上簪了茉莉花，一齐卷起湘帘，凭栏静听。所以灯船鼓声一响，两边帘卷窗开，河房里焚的龙涎、沉、速，香雾一齐喷出来，与河里的月色烟光合成一片，望如阆苑仙人，瑶宫仙女。还有那十六楼的官妓，新妆炫服，招接四方游客。真乃“朝朝寒食，夜夜元宵”！

这鲍文卿住在水西门。水西门与聚宝门相近，这聚宝门，当年说每日进来有百牛千猪万担粮；到这时候，何止一千个牛，一万个猪，粮食更无其数……

《儒林外史》虽然是虚构的小说，但因为以实实在在的城门作为依托，所以这故事就仿佛是真的，那些喜怒哀乐、市井生活也好像就发生在身边。城门自带的地理界限感也将故事切分成一个一个的画面，呈现出一种“镜头感”。

二、城门与聚合

“聚合”，是人类活动的重要倾向之一。从生物学上来讲，人类始终具有聚合的意向，这一方面是源于社会阶层的划分，使每个个体都渴望进入阶层从而感受到归属感，另一方面也是源于祖先流传下来的群居生活在心理因素上的不断作用。

城墙与城门的出现，加速了人类人居活动的聚合，也加速了文化的不断聚合。尤其到了清代，由于城门在城市生活中发挥了重要作用，城墙的存在又经历了足够长的时间，所以形成了诸多新的聚合意象。如之前我们在“清凉山”一节中提到的龚贤择居的故事，就能体现这种聚合效果。起初龚贤住在城南的城门，那里人流如织、经济生活发达，繁华喧闹让龚贤不堪其扰，后来搬去了清凉山一带的城门附近，果然气象一新，幽静安闲，庄居如隐，激发了龚贤的创作热情。不同气质的人择取不同风格的地域作为栖身之处。从这个故事可以看出南京城墙范围之广，以及各座城门特色之鲜明。

除此之外，一些城门还会被赋予特殊的含义，如清代王友亮的《姚坊门枣》：

新秋佳果说姚坊，火齐堆盘喜乍尝。

甜到十分知过雨，艳生半颊为迎阳。
戏抛恰可同心赤，饱啜何须患齿黄。
记得吕家山畔路，熏风先递枣花香。

姚坊门即外郭十八座城门之一，亦即今被误称的尧化门。这首颇有民风意趣的诗歌描述的对象是姚坊门一带盛产的枣子——长二寸许。据传唯有此地的枣才能长这么好，“他地则不尔”。为什么有此传言呢？因为民间戏言此枣可以用作传情信物。其实从自然环境来说，枣的品

雪映阅江楼（李文宝 摄）

质是没有太大差别的，形成这种戏言传说和民风情趣的，终究还是地缘带来的心理效应，以至姚坊门一带的枣才是“恰可同心赤”，引得青年男女竞相品尝的好水果。这一类诗作，其实都是城墙在文化上产生“聚合”功能的佐证。

随着南京筑城史的不断变迁及思想理念的此消彼长、相互融合，南京城门作为一个意象群，内涵也在进一步丰富。如今，我们可以从不同的诗词文章里，读到关于城门的故事、世俗生活的写照，这些内容大俗也大雅，最终与城墙的巍峨严肃、沧桑荣耀共同转化成为中华民族的文化乡愁。

诗文链接

早朝诗

〔明〕钱宰

四鼓冬冬起着衣，午门朝见尚嫌迟。
何时得遂田园乐，睡到人间饭熟时。

[简介]

钱宰（1299—1394），字子予，一字伯均，会稽人。元末明初诗人，受朱元璋眷顾。

钱宰年老体衰，每日天未亮便至城墙午门等候上朝，非常劳累，因此多次向朱元璋乞归，不得允。本诗便是钱宰所作的聊表归隐心意的小诗。

秦淮斗草篇

〔明〕吴兆

乐游苑内花初开，结绮楼前春早来。
春色染山还染水，春光衔柳又衔梅。
此时芳草萋萋长，秦淮女儿多闲想。
闲想玉闺间，罗衣正试单。
芳飙入户吹帷动，巧鸟当窗搅梦残。
因娇丽日长安道，相戏相要斗芳草。
芳草匝初齐，茸茸没马蹄。
芳草远如暮，望望迷人步。
将绿将黄不辨名，和烟和雾那知数。
凤凰台上旧时基，燕雀湖边当日路。
结伴踏春春可怜，花气衣香浑作烟。
谁分迟迟独落后，谁能采采不争前。
裊裊桑间路，佳期何暇顾。
悠悠淮水湄，远道不遑思。
空生谢客西堂梦，徒怨湘娥南浦离。
未鸣鹈笃先愁歇，乍啭仓庚正及时。
正及时，先愁歇。

密取畏人窥，疾行防藓滑。
入深翠湿衣，缘高香袭袜。
搴若将何为？束刍欲待谁？
茜红犹胜颊，荑白却惭肌。
薜荔裁衣安可被，菖蒲结带岂堪垂。
盈掬盈襜罗众芳，蛾飞蝶绕满衣裳。
兰皋藉作争衡地，蕙畹翻为角敌场。
分行花队逐，对垒叶旗张。
花花非一色，叶叶两相当。
君有麻与枲，妾有葛与藟。
君有萧与艾，妾有兰与芷。
君有合欢枝，妾有相思子。
君有拔心生，妾有断肠死。
嬴归若个中，输落阿谁里。
相向无言转自愁，芳坰过客忽疑秋。
别本辞柯何倚托，倾青委绿满郊丘。
虽残已受妍心惜，纵贱曾经纤手摘。
芍药多情且自留，蘼芜有恨从教掷。
人生宠爱几能终，人心安得采时同。
萦愁结念寻归径，接佩连裾趁晚风。
情知朽腐随泥滓，会化流萤入幕中。

[简介]

吴兆（生卒年不详），字非熊，明代布衣诗人、戏曲作家。万历年间曾游金陵，著有《金陵》《姑苏》等稿。

斗草，又称斗百草，是中国民间流行的一种游戏，其最初的源起已无处可寻，一般形式有两种：一种是比试草茎的韧性，方法是草茎相交结，两人各持己端向后拉扯，以断者为负，这种可以称之为“武斗”；另外一种则是采摘花草，互相比试谁采的花草种类最多、对仗的最高，这就是“文斗”。从这首诗来看，采取的是“文斗”的形式，体现了老城南生活的轻松闲适，富有意趣。《镜花缘》《红楼梦》等文学作品，都提到过这一游戏。

板桥杂记

〔清〕余怀

卷上　雅游

金陵为帝王建都之地，公侯戚畹，甲第连云，宗室王孙，翩翩裘马，以及乌衣子弟，湖海宾游，靡不挟弹吹箫，经过赵李。每开筵宴，则传呼乐籍，罗绮芬芳，行酒纠觞，留髡送客，酒阑棋罢，堕珥遗簪，真欲界之仙都，升平之乐国也。

旧院，人称曲中，前门对武定桥，后门在钞库街。妓家鳞次，比屋而居，屋宇精洁，花木萧疏，迥非尘境。到门则铜环半启，珠箔低垂；升阶则狗儿吠客，鹦哥唤茶；登堂则假母肃迎，分宾抗礼；进轩则丫环毕妆，捧艳而出；坐久则水陆备至，丝肉竞陈；定情则目挑心招，绸缪宛转。纨绔少年，绣肠才子，无不魂迷色阵，气尽雌风矣。妓家，仆婢称之曰娘，外人呼之曰小娘，假母传声曰娘儿。有客称客曰姐夫，客称假母曰外婆。

乐户统于教坊司，司有一官以主之，有衙署，有公座，有人役、刑杖、签牌之类，有冠有带，见客则不敢拱揖耳。

妓家分别门户，争妍献媚，斗胜夸奇。凌晨则卯酒淫淫，兰汤滟滟，衣香一室；亭午乃兰花茉莉，沉水甲煎，馨闻数里；入夜而擫笛搊筝，梨园搬演，声彻九霄。李、卞为首，沙、顾次之，郑、顿、崔、马，又其次也。

长板桥在院墙外数十步，旷远芊绵，水烟凝碧。回光、鹫峰两寺夹之，中山东花园亘其前，秦淮朱雀桁绕其后，洵可娱目赏心，漱涤尘襟。每当夜凉人定，风清月朗，名士倾城，簪花约鬓，携手闲行，凭栏徙倚。忽遇彼姝，笑言宴宴，此吹洞箫，彼度妙曲。万籁俱寂，游鱼出听，洵太平盛事也。

秦淮灯船之盛，天下所无。两岸河房，雕栏画槛，绮窗丝障，十里珠帘。客称既醉，主曰未归，游楫往来，指目曰某名姬在某河房，以得魁首者为胜。薄暮须臾，灯船毕集，火龙蜿蜒，光耀天地，扬槌击鼓，蹋顿波心。自聚宝门水关至通济门水关，喧阗达旦。桃叶渡口，争渡者喧声不绝。余作《秦淮灯船曲》中有云："遥指锺山树色开，六朝芳草向琼台。一围灯火从天降，万片珊瑚驾海来。"又云："梦里春红十丈长，隔帘偷袭海南香。西霞飞出铜龙馆，几队蛾眉一样妆。"又云："神弦仙管玻璃杯，火龙蜿蜒波崔嵬。云连金阙天门迥，鹤舞银城雪窖开。"皆实录也。嗟乎，可复见乎！

教坊梨园，单传法部，乃威武南巡所遗也。然名妓仙娃，深以登场演剧为耻，若知音密席，推奖再三，强而后可。歌喉扇影，一座尽倾，主之者大增气色，缠头助采，遽加十倍。至顿老琵琶，妥娘词曲，则只应天上，难得人间矣！

裙屐少年，油头半臂，至日亭午，则提篮挈榼，高声唱卖逼汗草、茉莉花。娇婢卷帘，摊钱争买，捉腕撩胸，纷纭笑谑。顷之乌云堆雪，竟体芳香矣。盖此花苞于日中，开于枕上，真媚夜之淫葩，殢人之妖草也。建兰则大雅不群，宜于纱橱文榭，与佛手、木瓜，同其静好。酒兵茗战之余，微闻芗泽，所谓王者之香，湘君之佩，岂淫葩妖草所可比缀乎。

南曲衣裳妆束，四方取以为式。大约以淡雅朴素为主，不以鲜华绮丽为工也。初破瓜者，谓之梳拢；已成人者，谓之上头；衣饰皆主之者措办。巧样新裁，出于假母，以其余物，自取用之。故假母虽年高，亦盛妆艳服，光彩动人。衫之短长，袖之大小，随时变易，见者谓是时世妆也。

曲中女郎，多亲生之母，故怜惜倍至。遇有佳客，任其留连，不计钱钞；其伧父大贾，拒绝弗与通，亦不怒也。从良落籍，属于祠部，亲母则所费不多，假母则勒索高价。谚所谓“娘儿爱俏，鸨儿爱钞”者，盖为假母言之也。

旧院与贡院遥对，仅隔一河，原为才子佳人而设。逢秋风桂子之年，四方应试者毕集，结驷连骑，选色征歌，转车子之喉，按阳阿之舞，院本之笙歌合奏，回舟之一水皆香，或邀旬日之欢，或订百年之约。蒲桃架下，戏掷金钱；芍药栏边，闲抛玉马，此平康之盛事，乃文战之外篇。迨夫士也色荒，女兮情倦，忽裘敝而金尽，亦遂欢寡而愁殷。虽设阱者之恒情，实冶游者所深戒也，青楼薄幸，彼何人哉！

曲中市肆，精洁殊常。香囊云舄，名酒佳茶，饧糖小菜，箫管瑟琴，并皆上品。外间人买者，不惜贵价；女郎赠遗，都无俗物。正李仙源《十六楼集句》诗中所云“市声春浩浩，树色晚苍苍。饮伴更相送，归轩锦绣香”也。

发象房配象奴，不辱自尽，胡闰妻女发教坊为娼，此亘古所无之事也。追诵火龙铁骑之章，以为叹息。

[简介]

余怀（1616—1696），字澹心，一字无怀，号曼翁、广霞，又号壶山外史、寒铁道人，晚年自号鬘持老人。福建莆田黄石人，侨居南京，因此自称江宁余怀、白下余怀。清初文学家，著有笔记《板桥杂记》。

儒林外史（节选）

〔清〕吴敬梓

这南京乃是太祖皇帝建都的所在，里城门十三，外城门十八，穿城四十里，沿城一转足有一百二十多里。城里几十条大街，几百条小巷，都是人烟凑集，金粉楼台。城里一道河，东水关到西水关，足有十里，便是秦淮河。水满的时候，画船箫鼓，昼夜不绝。城里城外，琳宫梵宇，碧瓦朱甍，在六朝时是四百八十寺，到如今，何止四千八百寺！大街小巷，合共起来，大小酒楼有六七百座，茶社有一千余处。不论你走到一个僻巷里面，总有一个地方悬着灯笼卖茶，插着时鲜花朵，烹着上好的雨水。茶社里坐满了吃茶的人。到晚来，两边酒楼上明角灯，每条街上足有数千盏，照耀如同白日，走路人并不带灯笼。那秦淮到了有月色的时候，越是夜色已深，更有那细吹细唱的船来，凄清委婉，动人心魄。两边河房里住家的女郎，穿了轻纱衣服，头上簪了茉莉花，一齐卷起湘帘，凭栏静听。所以灯船鼓声一响，两边帘卷窗开，河房里焚的龙涎、沉、速，香雾一齐喷出来，和河里的月色烟光合成一片，望着如阆苑仙人，瑶宫仙女。还有那十六楼官妓，新妆袨服，招接四方游客。真乃“朝朝寒食，夜夜元宵”！

这鲍文卿住在水西门。水西门与聚宝门相近，这聚宝门，当年说每日进来有百牛千猪万担粮，到这时候，何止一千个牛，一万个猪，粮食更无其数。鲍文卿进了水西门，到家和妻子见了。他家本是几代的戏行，如今仍旧做这戏行营业。他这戏行里，淮清桥是三个总寓，一个老郎庵；水西门是一个总寓，一个老郎庵。总寓内都挂着一班一班的戏子牌，凡要定戏，先几日要在牌上写一个日子。鲍文卿却是水西门总寓挂牌。他戏行规矩最大，但凡本行中有不公不法的事，一齐上了庵，烧过香，坐在总寓那里品出不是来，要打就打，要罚就罚，一个字也不敢拗的。还有洪武年间起首的班子，一班十几个人，每班立一座石碑在老郎庵里，十几个人共刻在一座碑上。比如有祖宗的名字在这碑上的，子孙出来学戏，就是“世家子弟”，略有几岁年纪，就称为“老道长”。凡遇本行公事，都向老道长说了，方才敢行。鲍文卿的祖父的名字却在那第一座碑上。

[简介]

吴敬梓（1701—1754），字敏轩，又字粒民，晚号文木老人，别署秦淮寓客，安徽全椒人，清代著名小说家。著有《儒林外史》《文木山房诗文集》等。

《儒林外史》，长篇小说，五十六回，该书代表了中国古代讽刺小说的高峰，开创了以小说直接评价现实生活的范例。这段文字选自《儒林外史》第二十四回，写忠厚老实人鲍文卿回南京的所见所闻，其中提到了南京的盛况，更涉及南京城墙的多座城门，描绘勾勒出壮丽繁华的气象。

姚坊门[1]枣

〔清〕王友亮

长二寸[2]许。顾文庄曰：惟吕家山方幅十余亩为然，他地则不尔。

新秋佳果说姚坊，火齐堆盘喜乍尝。
甜到十分知过雨，艳生半颊为迎阳。
戏抛[3]恰可同心赤，饱啜何须患齿黄。
记得吕家山畔路，熏风先递枣花香。

[注释]

①姚坊门：南京明城墙“里十三、外十八”，姚坊门为外郭十八座城门之一，即今尧化门。

②寸：此寸非公制寸，为市尺之寸，约为公制的三分之一。

③戏抛：戏言说此枣可以用作传情信物。

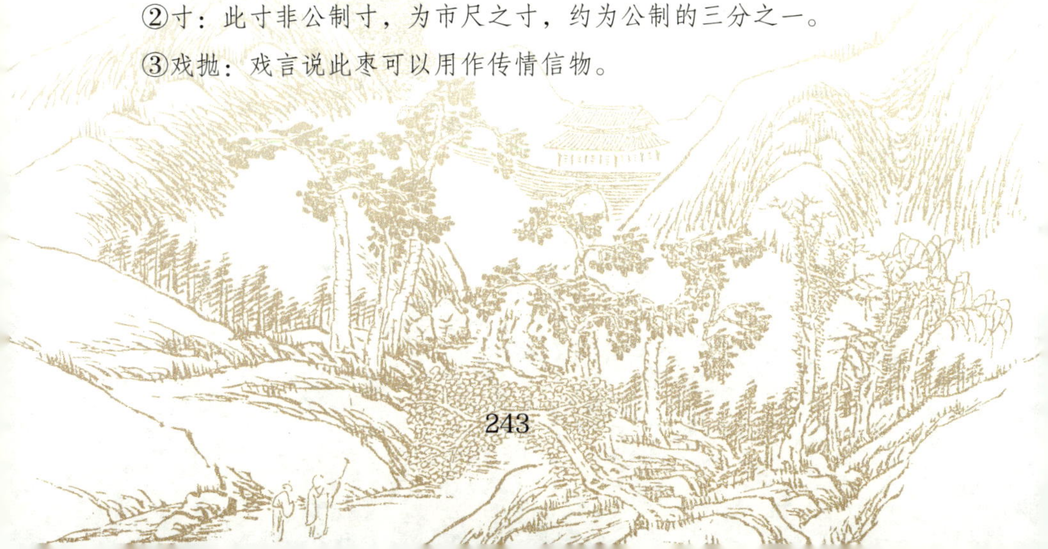

太平门

佘贤勋

杨柳阴阴野菜黄，太平门外酒旗香。
桃花结子梨花落，今日春风属海棠。

[简介]

佘贤勋（？—1941），字磊霞，安徽无为人。1928年毕业于金陵大学，1930年起在金陵大学中文系任教，1940年9月任金陵大学中文系教授兼系主任。1941年病逝后，其妻将其诗作辑成《珍庐诗集》行世。

竹枝词

陈碧茵

春到江南万物苏，红男绿女笑相呼。
牵巾携手添游兴，三匝绕城百病除。

[简介]

陈碧茵，近现代女作家，著有《碧茵文集》。

本诗描绘的是老南京人走百病的民间风俗。南京人在正月十六登城头的习俗，主要在聚宝门、石城门、三山门、通济门四座城门盛行。在四座城门当中，以聚宝门为最盛。

后　记

城墙是传统文化的物化象征，是中华民族的记忆载体。2015年2月15日，习近平总书记在考察调研西安城墙时曾提出这样的说法——“城墙是世界级的宝贝，要保护传承好”。彼时，中国明清城墙已经迈开了联合申遗的步伐，而这个重要项目的牵头单位正是有着650余年历史的南京城墙。她体量大，规格高，原真性强，是中国人民乃至全世界人民共同的宝贵文化遗产。

南京城墙是南京的文化名片，是老百姓的文物乡愁。南京城墙保护管理中心的郑孝清主任曾说：几乎每个南京人都能说上一两段自己与城墙的不解之缘，而这种缘分应该在城墙人的努力下变得更加紧密。如何让城墙真正紧密地融入人们的物质和精神生活？其中一种方式，就是让城墙说话。也正是本书编撰的题中之义——唯城能言。

“要让文物说话，让历史说话，让文化说话。”但历史的诉说总不能一帆风顺，常有血与泪、爱与恨、悲与欢的交织与合流。文物诉说历史，历史又在诉说中成为文物的一部分，这正是文物及文化遗产的独特魅力所在。这些魅力与文字，在编委会的共同努力下，经过多年的收录摘取择选，通过经典的诗词文句，附以有温度的分析阐释，终于凝结在这本小书之中。

城墙以身体匍匐在大地上，它展开宽阔的心灵供我们触摸。而我们在触其脉搏时，只能怀感激之心、敬畏之心，并真诚地“走心”。在编写本书时，我们认真“走心”，也希望能够通过自己的“走心”，让每位读者都能爱上城墙，爱上她的筋骨与温度，爱上她的沧桑与厚重，从而爱上这座城市，爱上我们脚下的土地，并带着这份炽热的爱，坚定地走向幸福而令人期待的未来。这是城墙的力量，也是爱的力量。

爱，是世界上最重要的事。